現代と連歌

国文祭連歌・シンポジウムと実作

国民文化祭行橋市連歌企画委員会＝編

海鳥社

「文芸祭連歌大会」のポスター（デザイン：今井みろり）

発刊のことば

行橋《ゆくはし》市長　八並康一

連歌師の歌声響く須佐の森、日本の宝、永久《とわ》にと祈る。

平成十六年度の国民文化祭は福岡県で開催されました。行橋市では連歌大会が催され、全国からお見えいただいた方々、地元関係者の皆様方の大変なお力添えにより、成功裏に終えることができました。心より感謝申し上げます。

連歌は、わが国において唯一、ここ今井津《いまいづ》の須佐神社で五百年近く連綿として続けられ、守られてきた伝統行事です。毎年七月十五日、福島家での「発句定並一巡《ほっくさだめならびにいちじゅん》」から八月二日の「車上《しゃじょう》連歌」まで、今井祇園祭の一環として奉納連歌の儀式が厳《おごそ》かに続けられています。

本大会は、国民文化祭で連歌が初めて開催されるという、まさに歴史的・画期的な大会になりました。本市にとりまして、この大会のすべてを大切に記録に留めることが、ご尽力いただいた皆様に対する感謝の気持ちを表すことになると考え、今回の出版となったものです。

連歌大会は、平成十六年十一月六・七日の二日間、連歌の歴史的変遷に関わる基調講演をはじめ、現代の連歌についてのシンポジウム、全国からお出でいただいた連歌関係の皆様方と地元の方々、中・高校生の生徒らによる連歌実作会などが行われました。

とくに、この大会は、連歌復興に情熱を燃やし続けた、須佐神社・高辻安親宮司の力によるところが大きいと言わねばなりません。高辻宮司は、福岡県の事務局はもちろん、全国の連歌関係者に協力を依頼され、国民文化祭初の連歌大会を成功させようと、大会直前まで並々ならぬご尽力をいただきましたが、十月十七日、享年七十一歳で逝去されました。高辻宮司に対し衷心より敬意と感謝の気持ちを捧げます。地元にとりましても、連歌界にとりましても、かけがえのない人を失ったことが悔やまれてなりません。

この大会には、連歌発展のため、全国各地でご活躍の学識者の方をはじめ、連歌愛好の皆様、長年にわたって地元で連歌を支えていただいている福島家、浄喜寺など、多くの関係者が参加してくださいました。大会運営にあたっては、茶道や華道の関係者、各ボランティアの皆様の温かいご支援とご協力を賜りました。

この行橋連歌大会を成功に導いてくださったすべての関係者の皆様にお礼を申し上げます。

行橋市は、古代から北部九州の拠点、人や物が行き交う町として発展してきました。この今井津の地に連歌が永遠に続くことを願うとともに、雅《みやび》な伝統文化が全国に広がっていくことをお祈りし、発刊のご挨拶といたします。

平成十七年三月

現代と連歌◉目次

現代と連歌

国文祭連歌・シンポジウムと実作

今井祇園における車上連歌。宗匠・福島家当主が山車の前に設けられた高欄枠内に坐し，一般の参拝者による即興句が詠み継がれる。匿名性を重んじるため夜分に行われる。

特別記念講演

連歌の移り変わり

宗祇から宗因へ

大阪大学名誉教授
島津忠夫

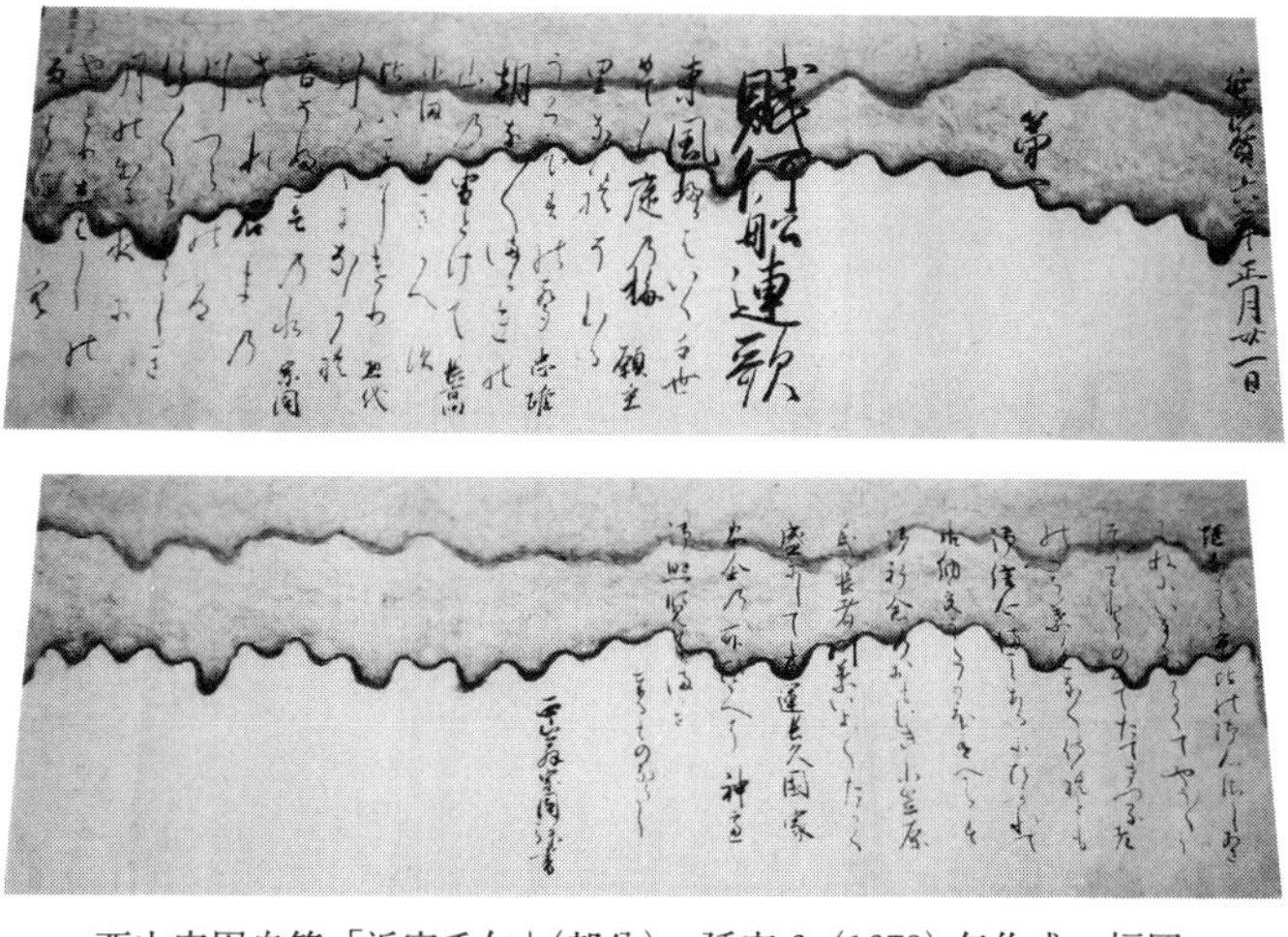

西山宗因自筆「浜宮千句」（部分）。延宝６（1678）年作成。福岡県指定文化財（椎田町・綱敷天満宮蔵。椎田町教育委員会提供）

＊平成十六年十一月五日、コスメイト行橋文化ホールにて

只今ご紹介いただきました島津でございます。

今、お話に出ておりましたように、国民文化祭、略して「国文祭」と言うらしいのですね。このところ、どこの大学でも国文科というのが非常に寂しくなりまして、日本文化とか日本文学科とかいって「国文」という名前がだんだん薄れてきており、私は非常に残念なことだと思っております。これは日本の将来を考えましても、大変良くないことだと思うのですけれども、それがたまたまこの「国文祭」という名前に残っている。大変皮肉なことだと思います。

その国民文化祭というものの中に、連句ではなくて連歌を加えるということに、この間亡くなられた行橋・今井祇園の高辻安親宮司が大変ご苦労なさいました。それで今年、福岡県の大会で連歌が初めて国民文化祭の中に加わったわけです。

宗因と豊前

この大会を成功させるために、昨年度にプレ連歌大会というのを行橋で行いました。その時に私たちは、どのようにしたらいいのかと考えました。それまでに連歌大会は何度もやっていますけれども、通常の連歌大会というのは、具体的に連歌をその場で作るという形で行っているのです。ところが、国民文化祭に加わるとすると、必ずやらなければならないことがある。これは短歌でも俳句でも皆そうなのですけれども、全国から作品を募集し、その選をする。そして賞状とか賞品を出す。こういうことをしなくてはならない。連歌の場合どうするか、ということに大変迷ったわけです。色々な案が出ましたけれども、最終的に「発句と脇を示して、第三を募集する」ということになりました。この形を発案されたのも高辻さんですね。

という次第で、昨年のプレ連歌大会は、春夏秋冬の発句と脇を示し、それに対してそれぞれに第三を付けてもらうという形で行われたわけです。その時、これも高辻さんの案で「一つ、過去の有名な作品を加えよう」ということで、明智光秀と紹巴《じょうは》の、光秀が本能寺の変の直前に詠んだ有名な百韻があり、その発句と脇を示してそれに付けてもらい、これは夏の句なので、その他の春秋冬は、現在の我々が作った発句・脇に付けてもらう。そういう大変面白い試みをされたのです。

そこで、この本大会でもそれをしようということになりました。昨年は、春夏秋冬の発句、脇に第三を付けてもらった。それが四通りになりまして、その後始末、つまりそれをどういうふうに選ぶかということが大変面倒でもありました。今度は二通りで、現在の発句・脇と、やはり面白かったから過去のものを加えよう、ということまでは決まりました。では、今度は何を取り上げようかということで、いくつか考えたのですが、結局、取り上げたのが、まず、

祇園《かみのその》しげらす民の草葉かな

という西山宗因《そういん》の句です。脇が、

夏景久し里の松竹

で、こちらも宗因です。つまり宗因の独吟です。これに第三を付けてもらおうということになりました。

この宗因の独吟は『宗因発句帳』の中に見えるものです。『宗因発句帳』は、宗因の自筆のものが大阪の天満宮に現存しております。この『宗因発句帳』がよく知られるようになったのは、

島津忠夫氏

昭和二十年代の終わりのことです。

大阪天満宮の、ある建物を取り潰して、そこに何か別のものを建てようという時に、「何か箱が一つ見つかった。どうも中を見たら連歌らしい。見に来てくれ」と言われて、私はその時大阪の市岡高等学校の教師をしていたのですが、飛んで行き、見ましたら、素晴らしい連歌の資料が出てきた。

その中にいくつも宗因直筆のものがあり、『宗因発句帳』

も出てきたのです。それで、その頃、天理図書館から出ていた「俳書叢刊」に翻刻されてよく知られるようになりました。今回、『西山宗因全集』（全六巻で、現在第一巻と第三巻が刊行されています）の第一巻『連歌篇　一』の中にもこの『宗因発句帳』が含まれたのです。

『宗因発句帳』は発句だけを集めたものですから、当然この発句だけが出ているのです。その中に、

豊前今井津祇園より社家所望

祇園しげらす民の草葉哉

とあります。この豊前今井津祇園というのは、これは明後日に実際に連歌を作ります今井の祇園さんのことですね。つまり宗因の独吟の千句はこのお宮に奉納したものなのです。

この宗因の発句帳が昭和二十年代の終わり頃に再発見されるよりも前に、『西山三籟《さんらい》集』という本があります。この『西山三籟集』は、宗因の曾《ひ》孫の昌林《しょうりん》という人が、宗因とその子供の宗《そう》春《しゅん》とさらにその子供、つまり昌林から申しますと、お父さんの昌察《しょうさつ》、お祖父さんの宗春、曾《ひい》お祖父さんの宗因、その三代の発句を部類別に集めた本であり、これは刊本として広く知られていたわけです。その中にやはり同じように見えておりまして、今井の祇園で宗因が詠んだこの発句を、知る人は知っていたわけです。高辻さんにこれを示しましたところ、「その発句はよく知っている」と言われるのです。

ところが、実はその発句だけではなくて、宗因の百韻そのものが、天理図書館の『連歌集宗因大神宮法楽等』、これはいくつかの連歌を集めて写されている後の写本なのですが、その中に収まっているのです。そのことを高辻宮司に申し上げると、それはおもしろいから、「今回はその発句・脇を示して第三を付けてもらおう」ということになったわけです。

この百韻はいずれ、『西山宗因全集　第二巻　連歌篇二』の中に全部収まります。来年の春ぐらいにはこれが出ますので、是非皆様方に、この行橋のお宮に奉納された宗因の連歌の全容を知っていただきたいのです。おそらくこの『宗因発句帳』あるいは『西山三籟集』の前書きから考えますと、現在は残念ながらありませんが、おそらく宗因自筆の立派な懐紙が今井祇園に奉納されていただだろうと思われるのです。

近い所で申しますと、少し南の椎田町に綱敷天満宮というお宮がありますが、そこにやはり宗因の詠んだ独吟の千句があり、それを宗因の自筆で奉納したものが現存しています（11ページ中扉写真参照）。私が昭和三十年代に佐賀大学に勤めていた時、太宰府で俳文学会が行われて、当時九州大学教授の中村幸彦先生たちと一緒にあちらこちらと回りまして、太宰府で展覧会をする時、この本を見て、これは宗因自筆だということで展示したわけです。現在、この綱敷天満宮の宗因自筆の千句は太宰府天満宮に寄託されています。そういうようなものが、きっと今井の祇園にもあったと思われるのです。

宗因という人は独特な綺麗な字を書く人で、その自筆は大変好まれたのですね。そこで、宗因に対して「自筆で奉納して下さい」という要望があちこちからあり、宗因はそれをこまめに引き受けて奉納していたようなのです。その時の発句が、

　祇園しげらす民の草葉かな

であり、そして脇が、

　夏景久し里の松竹

で、これに第三を付けて下さいということで、皆さん知恵をしぼられたわけなのですが、では、宗因自身はどういう第三を付けたかと言うと、

　門毎にたえぬ泉を関かけて

という句なのですね。もちろん、今度たくさんの応募作品から選をする時に、何もこの句に近いからその句をとったということはしておりません。全くそれに関わりなく自由に付けていただく、というのが主旨ですから。

では、宗因は、その後はどういう付けをしたのか。今日はそんな話ばかりするわけにはいきませんから、興味のある方は実際に全集が出てから読んでいただきたいと思います。

連歌史研究における課題

ところで、今日の私の話は「連歌の移り変わり」という題ですね。これは講演を依頼された時に出された題なのです。私もそれで結構ですということでそのまま過ごしたんですが、後で、それではあまりにも漠然としているから、「宗祇から宗因へ」という副題を付けて下さいというお願いをしたのです。なぜ、そういう副題を付けたのか。

私自身、『連歌史の研究』という本を書いておりまして、現在、実にまあ「おほけなく」と言った方がいいんでしょうが、私ごときが著作集を作っており、その第三巻に『連歌史の研究』をかなり手直しして「連歌史」という形で収めています。この『連歌史の研究』という本は、第一章が「連歌源流の考」、最後の第十三章が「連歌と俳諧と」という形になっているのです。だから「連歌の移り変わり」という題で大まかなことをお話しする場合、この本に書いたことを適当に話せば二時間ぐらいはすむわけなんですが、それでは面白くないので、それとは少し違ったお話をしたいと思ったわけです。それで「宗祇から宗因へ」という副題を付けたのです。

その『連歌史の研究』では、一つ一つ論文を並べ、ある意味で私の頭の中に描いている連歌史、それを取り上げていくとこういう問題が存在し、それをずっと繋いでいくと私の考えている一つの連歌史になる、そういうつもりで作ったのです。

『連歌史の研究』の次に私が書きましたのは、『連歌の研究』という、「史」が抜けただけの本なのです。『連歌史の研究』という本には、私の恩師であります万葉の研究家の澤瀉久孝《おもだかひさたか》先生がお元気だった頃に題簽《だいせん》を書いてもらったのですね。その次の『連歌の研究』の時は、先生はお亡くなりになっていたのですが、奥様のご了解を得て、『連歌史の研究』の「史」だけ抜いて題簽に使わせてもらったのです。この本の序章には「連歌史と中世」という大まかな題を付けまして、その中で、『連歌史の研究』の第一章から第十三章を整理すると、まず一つが「連歌の展開」、二番目が「南北朝連歌の完成」、第三番目が「宗祇による連歌文学の完成」、四番目が「連歌から俳諧へ」と、この四つに分けられる、と。今日お話しするのは、その後の二つ、「宗祇による連歌文学の完成」と「連歌から俳諧へ」というところで書いたことと重なる面がいくつかあると思うのです。

その頃、連歌の研究者としては、まさにその大家であった伊地知鐵男《いじちてつお》という方がいらっしゃいました。それに、二十数年前、ここで連歌のシンポジウムがあった時に講師をしていただきました金子金治郎先生、このお二人がまさしく連歌研究の大御所だったのです。今はどちらもお亡くなりになっていますが、その伊地知さんの『連歌の世界』、これは昭和四十二年に吉川弘文館から出て、後に『伊地知鐵男著作集 II』に収められました。伊地知さんという人は、ものすごい知識をお持ちであるのにあまりお書きにならず、私のように何でも書き散らすのとは全く逆の方でありました。その著作のすべてが二冊の著作集に収まり、どれも立派なものばかりなのです。

『連歌の世界』では、何世紀前半の連歌とか何世紀後半の連歌という形で書いていらっしゃるのですが、これが予想外に、連歌の歴史に当てはまるのですね。私はそれを見て、非常に不思議に思ったのです。その中に「十五世紀後半の連歌」というのがあり、これがちょうど私が言う「宗祇による連歌文学の完成」というところと重なるわけです。そこまでを細かくお書きになり、今日私がここでお話ししようと思いますことの大半はその後に、展望として粗筋だけしか書いておられない。さらに、そこに一つのコメントを付けておられ、連歌の展開というのは、もう宗祇の時代にある程度のことはすべて出尽くしており、それから後はそれほど問題にすべきこともない、それまでの展開に比べ、それからの展開というのはそんなに事細かく書くには及ばない、と。言葉は違いますが、そういうようなお気持ちの文章がこの展望の中に込められているのです。

けれど私は、どうもそうではないだろう、と。その時分はそれでよかったかも知れないけれども、現在では、宗祇以後の連歌というものをもう少し細かく見ていく必要があるだろうと思うのです。二条良基《よしもと》から宗祇までの連歌と宗祇以後の連歌の研究を比べてみますと、二条良基から宗祇までの連歌の研究はかなり進んでいます。それに対して宗祇以後の連歌の研究は、比較的にですが、進んでおりません。

そこで今日、あまり進んでいない方の宗祇以後の研究を、時間の許す限りお話ししたいと思うのです。

宗祇以後の連歌

宗祇による連歌の選集に『竹林抄』というものがあることは、ご存じの方が多いと思います。これは、宗砌《そうぜい》・智蘊《ちうん》・心敬《しんけい》・能阿《のうあ》・専順《せんじゅん》・行助《ぎょうじょ》の六人の先達《せんだち》と、もう一人賢盛《かたもり》(後に宗伊《そうい》と名乗る)、この七人の連歌の作品を集めた撰集なのです。ところで、『竹林抄』を宗祇が撰んだ時には、宗砌から行助までは亡くなっており、賢盛だけが現存の人なのです。この人選に宗祇の意欲や意図が秘められている、と私は思うのです。つまり、先達六人、後に一人現存の賢盛、この人物が、当時連歌師として広く世間に認められていた北野天満宮の連歌宗匠という位置にあったわけですね。

この賢盛という人をわざわざ加えたのは、おそらく、その後を自分が継ぐのだという野心のようなものを宗祇は持っていたのだろうと、私は推察しているのです。研究というものには、誰が見てもその通りという確実な面と推測の面があります。私が今申しました宗祇の意図というのは、あくまで推測ですけれども、宗祇はかなりの野心家だったと私は考えているのですね。おそらく、この『竹林抄』という書名は中国の「竹林の七賢人」になぞらえたわけでしょうから、先達七人を挙げておいて、実はその次は私だと、そういう宗祇の意図があると私は思うのです。

その宗匠・北野連歌会所の奉行という役割についてですが、これは現在知られておりますところもっと前の時代からあるんですけれども、この『竹林抄』のメンバーの中では最後は能阿、その能阿が亡くなってから賢盛に移るわけです。その後、賢盛が亡くなってしばらくして、宗祇は念願のこの役職に就くのです。ところが宗祇は、折角その念願を果たしたはずなのに、二年ばかりして「やめたい」と言いだすのですね。それは何故か。その頃、宗祇はもう連歌どころではなかったのです。新しい勅撰和歌集が作られるということで宗祇は奔走していた。そして、しばらくこの職から離れたいということで、二年ばかりでやめてしまうのです。

　やめるのなら誰か適当な後任の人を紹介して下さい、ということに当然なりますね。すると宗祇は、こんな人が宗匠に？と誰もが思うような人を推薦するのです。もちろんその人は「とても私はその任ではありません」と言って断るわけですね。結局は兼載《けんざい》が後釜に収まるのですが、宗祇は決してこの兼載を推薦したわけではないのです。兼載になってほしくはなかったのです。そのために、誰が考えてもミス・キャストだと思われるような人物を推薦しておいて、それは長続きしないから、やがてその後は自分の門弟に継がせようという意図があったのだ、と。これも私の憶測です。そういう意図があっただろうと思うのです。

　順当に兼載という人がその後を継いだことによって、やがて始まる『新撰菟玖波《つくば》集』という連歌の準勅撰集では、当時連歌の大家と目されていた宗祇と、まだ年は若かったけれども連歌の宗匠・北野の連歌会の会所奉行であった兼載の、二人が撰者ということになるのです。

　ところがその兼載は、文亀元（一五〇一）年の春より後、まだ宗祇が健在の時に都を離れて郷里の会津《あいづ》に帰ってしまいます。中央の連歌壇から身を引いてしまったわけです。そして、宗祇自身もやがて京都から越後に旅立って、越後から美濃へと志して旅をし、その途中、文亀二年に箱根の湯本で亡くなります。芭蕉が言った「旅に死す」という境地で亡くなるわけなのです。

その後、宗祇門下の連歌師ということになるわけですが、宗祇の一番高弟と言うと肖柏《しょうはく》です。ところが肖柏という人は、宗祇とは全く違っているのです。宗祇については、どういう出身か、どこで生まれたのかということも分かっておりません。最近では近江だという説が非常に有力ですけれども、江戸時代にはもっぱら紀州ということになっていたのです。紀州というのはまあ伝説なのですけれども、四十歳くらいまでの間は、ほとんどどういう生活をしていたのか分からない。あれだけ有名な人のことが分からない。ところが、八十幾つで亡くなるまでの、ある時は毎日のようにその行動が分かる。そういう極端な前半生と後半生の違いがあるのです。一方、肖柏についてははっきりしており、御公家さんの中院通秀《なかのいんみちひで》という人の異母弟でして、だから初めから宮廷連歌には顔が利くわけです。宗祇を宮廷連歌に導いたのも、連歌では弟子の肖柏であり、この人は晩年には京都を離れて摂津の池田、さらには堺に移って、そこで多くの町の人たちを指導するという形で進んでいきます。

それからもう一人、宗祇の高弟に宗長《そうちょう》という人がいます。宗祇の代表的な作品に『水無瀬《みなせ》三吟』とか『湯山《ゆのやま》三吟』がありますが、これらは宗祇と肖柏と宗長の三人で巻いた作品なのです。宗長は駿河の今川氏に仕えており、京都と駿河の間を何度も往来する。そういうことで、晩年は駿河あるいは小田原で亡くなったのではないかと思われますが、ともかく都を離れてしまいます。もう一人、玄清《げんせい》という人がいて、これは細川氏の被官でした。はっきりと身分が分かっており、河田兵庫助という人です。現在残っている作品の中で宗祇と一番たくさん一座をしている人なのですが、この人は、宗祇が旅に出たら、都にあった宗祇の「種玉庵」の留守番をするのですね。けれど、この人は野心のない人で、宗祇の後を継ごうなどという意図は全くありません。

宗祇が亡くなり、宗祇の後を継ぐという形で連歌壇に登場してくるのが、宗祇の晩年の弟子である宗碩《そうせき》という人なのですね。宗碩が後を継ぐことによって、宗祇の弟子たちの中で波紋が広がるわけなのですけれども、それはこの際措いておきまして、その宗碩の跡を、その弟子である宗牧《そうぼく》が継ぎ、さらに宗牧の子供の宗養《そうよう》という人が継ぐのです。

紹巴の時代

こうして、宗祇の後の都の連歌は、宗祇―宗碩―宗牧―宗養という形で受け継がれていくのですね。そして、その宗牧―宗養というところで、それまで心敬《しんけい》や宗祇、あるいは地下《じげ》の連歌師の間に伝えられてきた連歌論を大成するとともに、独自の考えを含めて一つの新しい連歌論を整理をしたという意味で、特に宗牧は連歌史の中では重要な人なのです。宗牧・宗養によって作り上げられた連歌論が、江戸時代の俳論（俳諧の論）に受け継がれていくことになるのです。とりわけこの宗牧・宗養の論が俳論、特に貞門の俳論に繋がっていくあたりのところは、まさに今後の研究の分野ということになるわけです。

ちょうどその頃にもう一人、昌休《しょうきゅう》という人がいます。昌休は、最初は宗碩に師事していましたが、宗碩が亡くなった後は宗牧の門人になります。昌休は早くに亡くなったのですが、子供の昌叱《しょうしつ》を紹巴《じょうは》に預けるのです。そこで紹巴という人物が次に問題となるわけです。やがて室町末期から江戸初期にかけて、紹巴の時代が来るのです。

紹巴もまた、宗祇と同じように、どういう前半生だったかよく分からない。奈良の人だったということははっきりしていますが、それ以上のことはあまり分かっていない。ところがこの人は、今は歴史家はそういう言い方はしないそうですが、かつて安土桃山時代といった頃の連歌の中心人物でありまして、実はこの頃、連歌が最も盛んに行われるのです。まさしく現象として連歌の最盛期を迎えるのです。

けれども、実質がそうだというわけではないんです。毎日毎日どこかで連歌が行われるという点での最も盛んな時、これは小西甚一という方が、連歌には三つの峰があって、その一つは二条良基の時代、もう一つは宗祇の時代、もう一つが紹巴の時代だと言われ、私も若い頃、この小西さんの論を聞きまして、あれっ！と思ったのですけれども、なるほど言われる通り、連歌が盛んに行われたという目で見れば、紹巴の時代というのは、確かに連歌の最盛期と言えないことはないのです。

ところが、その紹巴という人が連歌論を残していないのです。もっぱら紹巴の業績と言いますと、毎日毎日行われる連歌の宗匠を務めるということと、そのための式目の整備をするというところに仕事の中心があり、式目の整備はやがて応其《おうご》という人によって『無言抄』にまとめられるのですが、これは式目をイロハ引きにするという便利なものなのです。そういう点に紹巴という人の業績があるわけです。

しかし、紹巴という人は、宗牧・宗養によってそれまでの連歌論が整備され、そこに宗牧が独創をも踏まえた一つの世界を作った、その流れを受け継いでいないのです。連歌論から俳論へという一つの流れを考えていくと、紹巴はちょっとずれる存在になるのですね。

連歌をする家柄・里村家

そこで、次に、「連歌から俳諧へ」という言い方と「連歌と俳諧と」という二つの言い方があるといたします。これは意味が違うんですね。「連歌から俳諧へ」、これはよく使われる言葉です。江戸時代になると、連歌は文学史の表側から姿を消して俳諧の時代になった。「連歌から俳諧へ」というのはそういう意識を持っているのです。それに対して、「連歌と俳諧と」というのは、助詞の違いだけですけれども、非常に意味が違うのです。

私が取っているのは、後の「連歌と俳諧と」の立場なんです。これは、江戸時代の前期、つま

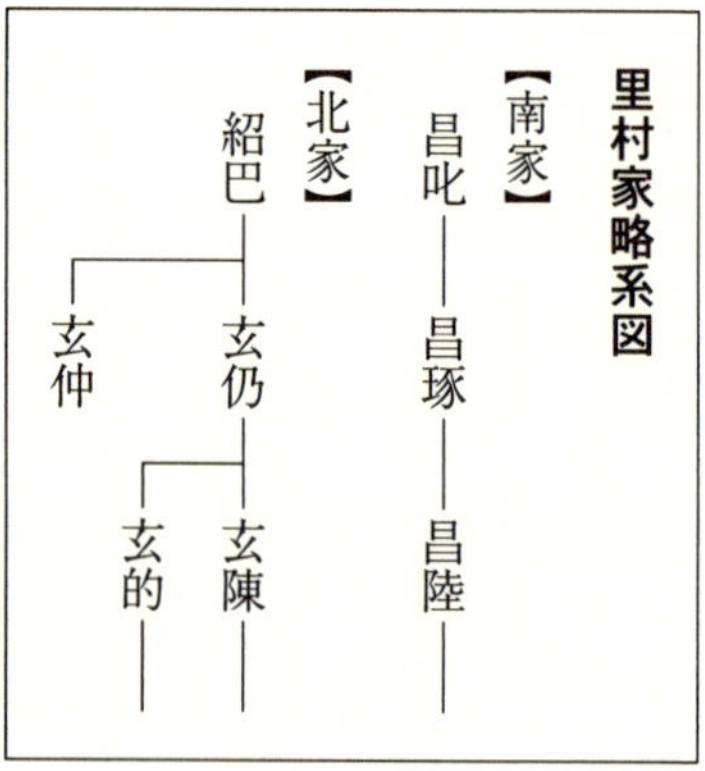

り芭蕉の俳諧が全国に広く行き渡るまでの時代は、連歌も俳諧も盛んに行われていて、俳諧のみならず連歌をも細かく見ていかないと、俳諧そのものについても充分な研究をしたことにはならないのでは、ということを私は前から言っているのです。

その江戸時代の初め、連歌には一つの専門家が出てくる。つまり、「連歌をする家柄」というものが生じてくるのです。これが里村家なのです。里村家には南家と北家とがあり、南家は、先程申しました昌叱を、昌休が一旦紹巴に預けておりましたけれども、そこで仲違いをして昌叱が独立します。この南家の昌叱の後が昌琢《しょうたく》、その後が昌陸《しょうりく》。今は昌陸で止めておきますけれど、これが江戸の末期までずっと続いております。それから北家。これは紹巴からその息子の玄仍《げんじょう》、玄仍の弟の玄仲《げんちゅう》、さらに玄仍の子供の玄陳《げんちん》、その弟の玄的《げんてき》、さらに玄陳の子孫、玄的の子孫、玄仲の子孫ということで、江戸末期まで続いていきます。

里村南・北家というものが厳然と連歌の家柄として存在するということ、これは江戸時代の連歌を考える上に、どうしても押さえておかねばならない問題なのですね。その里村両家と江戸時代の初期の俳諧、これが微妙に絡まっているのです。先程、江戸時代の初期、少なくとも芭蕉が出てくるまでの俳諧の研究には、連歌を絡めて考えないと充分に調べたことにはならないと申しましたが、それは、この里村両家の伝統と初期の俳諧とのつながりを押さえなければならないという意味なのです。

この点を最初にきちんと押さえてものを申されたのが、乾裕幸《ひろゆき》氏なのですね。この方は惜しくも亡くなってしまって非常に残念なのですけれども、「俳壇確執史の源流—里村家の役割—」という論文を書かれていて、『周縁の歌学史』（桜楓社、一九八九年）に収められています。この論文は非常に重要なことを指摘していますので、少し読んでみます。

「差合観の対立が絡む里村両家の間の軋みは、貞徳風が奉ずる俳人と、貞徳への集権によって中央俳壇を追われるようなかたちで、勢力の扶植を地方に求めた重頼《しげより》（松江重頼）が、西山宗因との連携によって大坂《おおざか》に育てた新風を奉ずる俳人とによって受けつがれ、知られるような俳壇挙げての確執抗争へと発展したのである。このように考えないと、近世初期の俳諧を徴《しるし》づける数かずの事件は、迷宮入りとならざるを得ないであろう」

こう書かれているのです。江戸時代初期の連歌と俳諧を考えていく場合、里村両家を絡めた論というのは乾さんのが最初だと思うのですが、この考え方は非常に重要だと思うのです。

もう一つ注意すべき本があります。もともとそういう名前であったかどうかは分かりませんが、『歌道聞書《かどうききがき》』という本があります。この本は、寛永十九（一六四二）年三月に成ったということは分かっているのですが、誰が書いたかが分からないのです。これは伊勢の神宮文庫にあり、他にも最近一、二見つかっていますが、その中に非常に大事な記述がいくつかあるのです。

そこには、宗養までは宗祇風の連歌が継承されてきたが、「宗養死して連歌は断絶也」ということが書かれているのです。宗養が亡くなり、それまで宗祇からずっと続いてきた連歌の伝統というものが断絶した、とはっきりと断定しているのですね。ということは、「紹巴なんか認めん」と言っているわけなのです。

さらに、こういう記事があります。

「昌琢は、玄仍に五つ六つも若かりしが、六十余にて寿を保、玄仍以後、三十年余ひとりとつかさをとりければ、天下皆是になびきて其風を学ぶ事耳《のみ》なりき。年ごろは、をのづから世の中うとくなりて、昌琢連歌などはさのみも見ぬ事に候へば上手にてぞあるらんと思ふばかりにて候」

里村南家の昌琢は北家の玄仍より五つ六つ若かった。六十過ぎまで生きていた。そして、玄仍が亡くなって、他の人たちが頭をもたげてくるまでの間、三十年程はもっぱら昌琢中心に連歌壇は動いていた。自分（『歌道聞書』の筆者）はもう長年、今の連歌は面白くないからそっぽを向いている。昌琢というのは非常に有名らしいけど、私はよく読んでいない。だけどあんなに有名で、あんなに皆が慕うのだから、きっと上手なんでしょう。

非常にさばさばとして、昌琢に対してはすげない。しかし事実はこうだったんだと、いかにも、寛永十九年よりも前の時代の連歌の状況をよく示している意見だと思うのです。ある時期、北家よりも南家の昌琢が三十年ばかり連歌壇で君臨していた時代があったんだということを、充分に押さえておく必要があると思うのです。

宗因の昌琢追悼百韻の前書から

そして、その昌琢に教えを受けた者の一人として宗因が現れるのです。万治三（一六五八）年二月五日、里村昌琢二十五回忌に当たっての、宗因による追悼の独吟百韻があります。

年月や去るも来るも夢の春
あはれ霞の夕明ぼの
あだ雲の遠山桜色きえて

以下、ずっと百韻が続くのですが、この百韻には非常に長い前書が付いているのです。その前書全文を、解説を加えながら読んでみます。

「万治三年きさらぎ五日は、古宗匠昌琢法眼身まかり給ひし月日にあたれり。来し方をかぞふれば、廿年あまり五回の夕の霞も、昨日の夢にことならずして（二十五回忌ですね。もう二十五年も経ってしまったのだけれども、昔のことがまざまざと思い出される）、夢にだにも見ず。しかはあれど、詞の林にあそぶ人は、朽せぬ陰の落葉をひろふてふかたあさくをわかち、心の泉にのぞむともがらは、絶せぬあとのながれをたづねてすみにごれるをしる。すべてみな、その風をしたひ塵を継事の世と丶もにたゆべからず。やつがれ（私は）、門人のつらにて（一門の一人として）、廿にたらぬほどより三十にあまる齢までなづさひつかうまつりし（まだ二十歳にならない頃から三十を過ぎる歳まで、昌琢にずっと付き添って教えを受けました、というわけです。宗因がいつ頃から連歌を始めたかということについては、この資料が元になるのですね）、そのかみは、公卿雲客《うんかく》の御座にもめしくはへられ、ある時は東方むさしの丶国までいざなはれしおりは、大名高家の御会にも具せられ侍し御めぐみ、はた、つくばねの陰よりもふかく（連歌のことを「筑波の道」と言いますが、それに懸けているのです）、和歌のうらの砂よりもしげし。今又難波人のもくづにしづみては（これは、宗因が天満宮の連歌所の宗匠になったことを少し卑下して言っているのです。宗因は元は武士なんですね。それが今は連歌で身を立てているようなことになり都を離れて大坂に来てしまい、というわけなのですが、宗因はつまらない職に就いたとは決して思っていないのです。文飾としての言い方なのですね）、老をやしなふたすけともてあそぶにつけても、其御心ざしわすするべきにあらずかし（今こういう天満宮の連歌所の宗匠に迎えられて、なんとかこの世を過ごしていることも昌琢の恩恵なのだ、と。昌琢が推薦をしてくれたことをありがたがっているのです）。いにしへの窓をならべ灯をあらそひし人々、みな黄なる泉に名のみ残す（若い時に昌琢のところで教えを受けた人たち、それが今は何人も死んでいる。

「黄なる泉」は黄泉《よみ》の国）。世の末にしもつれなくとゞまりて、この年にあひ奉るしるしばかりに（私だけがそんな世の末に生き延びて、そしてこの昌琢の二十五回忌という年に遭遇した）やむ事をえずして、百の手向草（百韻のこと）をつみあつめて、影前にさゝげ侍るものならし（昌琢の御霊前に差し上げるものです）」

その後に続く百韻は省略いたします（いずれこれも『西山宗因全集』の中に全部入ります）。

ここで言いたいのは、この前書なのです。宗因が南家の昌琢に教えを受け、いかにそのことに感謝をしているか。そういう昌琢に対する切々たる追悼の気持ちを、この前書から汲み取っていただきたいのです。

『西山宗因全集』を企画するまで

そこで、宗因の連歌とはどういうものなのかということに移ってまいります。

従来、宗因の連歌はまとまった形で見ることができなかったのです。戦前、昭和十年代くらいから宗因に対する関心が高まっておりますが、それは何故かと言いますと、宗因はいわゆる談林の俳諧師として避けて通ることができないということで、連歌の研究者ではなく俳諧の研究者が宗因の連歌に注目するのです。そこで、新しい宗因の連歌資料が出ると、これを『国語国文』など当時の国文学専門雑誌に一つ一つ発表するわけです。

そういうものが俳諧を専門とする人によって注目されていたのですが、これはそれぞればらばらに紹介されているのです。一方、連歌を専門とする人は、初めに申しましたように、伊地知さんが宗祇のところで一旦打ち切られているように、それ以後の連歌、ましてや江戸時代の連歌なんかにはあまり注目してこなかったのです。そういうこともあって、宗因の連歌をまとめて読むということは大変難しかったのです。

宗因の伝記あるいは作品の収集といったことについては、穎原退蔵《えばらたいぞう》先生が最初に手をつけられております。穎原先生は、宗因の伝記を『俳諧史の研究』および『俳諧史論考』の中に書かれておりまして、これはどこまでも俳諧の研究のために宗因というものを問題にされる。

そのあとを受け、昭和三十年代から四十年代の初めくらいにかけて、野間光辰《こうしん》先生が宗因の研究を集中して行われます。『俳諧大辞典』が昭和三十年代の初めに出ましたが、その中の「宗因」という項目を野間先生が書かれています。ところが、これが延々と長いのです。おそらく要求された字数をはるかに超過していて、あの原稿を最初に見た編集者は困っただろうと思うのです。でも、中身が素晴らしいし、また野間さんが怖いから、削らずにそのまま載せたのだと思われます。『俳諧大辞典』に初めから「宗因」のことがあれだけ大きく割り当てられるというのではなくて、その頃は野間先生が宗因について精力的にメスを入れられていた時期であり、『国語国文』に「連歌師宗因」という素晴らしい論文を発表し、他にも宗因についてたくさんの論文を書かれているから、「宗因」の項目を野間さんに当てようと、おそらく当時の編集委員が考えたのでしょう。すると、これを機会に、野間さんは延々と書かれ、それがそのまま掲載された。ありがたいことに、今日、連歌と俳諧とを合わせて考えようとする際、『俳諧大辞典』の「宗因」の記事が非常に重要になるのです。

その次に、私たちが編集委員となって『俳文学大辞典』を作るのですけれども、もちろん私が主として担当したのは連歌関係であり、俳諧については俳諧関係の人が中心となって項目を選び、字数を決めて依頼をするわけですね。そこでは「宗因」の項目を先程申しました乾裕幸氏が書いているのですけれども、これが『俳諧大辞典』よりもはるかに短いのです。おそらく乾さんはだいぶ困っただろうと思うのです。割り当てられた短い字数の中で、野間さんが書いたことよりも新しいものを何とか出そうと苦心をした、その跡がよく分かる文章なのです。

ともかく、宗因については、もっぱら連歌よりも俳諧の専門家が注意を払っていたのです。現在、我々が『西山宗因全集』を作ろうとしており、二冊まで刊行されておりますが、それよりも前に野間さんは宗因全集を出そうと考えておられた。それを皆が聞いておりましたから、宗因の新しい資料が見つかったら、野間先生のところへ差し出した。ところが先生は、ある時期から、やる気がなくなったわけではないのでしょうけれども、熱が冷めてしまったようで、資料がそのままになってしまった。そして亡くなってしまわれた。そこで、私たちは全く一から出直して宗因全集を作ることになり、大変苦労したわけなのです。

つまり、宗因の作風を一括して眺めながらその作風を考える、ということが非常に困難だったのです。そういう事情ですから、宗因の俳諧はかなりの人が読んでいるでしょうけれど、本当に丁寧に読んだ人は乾裕幸氏など数えるほどだと思うのです。特に宗因の連歌を真剣に読んだなんて人はあまりいないと思うのですね。

『西山宗因全集』の刊行開始に際し、内容見本を作りましたが、編者の一人として私は「刊行に当たって」という文章を書きました。

〈大阪天満宮連歌宗匠であった宗因の連歌は、内にあふれる詩精神によって伝統的枠組みのなかに清新な感覚をたたえており、談林派俳諧の総帥とされた俳諧は、古典の教養と当代感覚〈同時代のその時の時代の感覚〉をもって和歌や謡曲のもじりを自在に試み、洗練された表現には滋味溢れるものがある。連歌の伝統の上に立つ紀行も独特の気品と文芸性を持ち、俳諧史上、宗因を知らずして西鶴や芭蕉を語ることはできない。ところが、作品の全貌が知られなかったために、実際の作品を読み通すことは困難であった。かつて「連歌師宗因」を書かれた野間光辰氏は『俳諧大辞典』の「宗因」の項目に詳しい成果を盛り込まれ、やがて「西鶴全集」に継いで「宗因全集」を意図されていたが、日の目を見ることなく終わった。ここに宗因生誕四百年を迎え、ようやく機が熟し、連歌、俳諧、紀行など全作品を網羅集成し、年譜、参考資料、資料解説、索引を添えて鋭意刊行するにいたったのである。連歌、俳諧の研究者は言うまでもなく、詩人、歌人、俳人にも、広くその作品に接することにより、天性の詩人西山宗因を再評価していただく機縁ともなれば、編者としてこれに過ぎる喜びはない。〉

これは、できるだけ多くの人に買ってほしいということも込めて書いているのですが、私の本心でもあるわけです。その中の「大阪天満宮連歌宗匠であった宗因の連歌は、内にあふれる詩精神によって伝統的枠組みのなかに清新な感覚をたたえており……」という部分については、私はあちらこちらでそういうことを言ったり書いたりしているのです。

では、それは具体的にはどういうことなのかを、残りの時間でお話ししたいと思うのです。

宗因の連歌

まず一つは、少なくとも慶安三（一六五〇）年よりも前で、発句の季語が夏ですから、夏であることは間違いないのですけれど、慶安三年以前の「郭公」百韻というものがあります。その中から、二句続きの前句と付句を二つご紹介します。一つは、

かたばかりにも残る古塚
恋すてふちぬの益雄《ますらを》おもひやり

「恋すてふちぬの益雄おもひやり」というのが五十七句目ですので、百韻三の折の六句目と七句目になるのです。この句からおそらく、『大和物語』をお読みになった方は、これがその一節

を踏まえているとお考えになるだろうと思います。それで結構なんですけれども、宗因自身はおそらく、『大和物語』そのものではなくて、『大和物語』を素材にした『求塚《もとめづか》』という謡曲を頭の中に置いてこの付句《つけく》を付けているだろうと思うのです。いわゆる謡い取りなのです。

ところがそれは、いわゆる俳諧における謡い取りではなくて、いかにも『大和物語』という平安朝の物語から取り上げたような風情のある形で、この一句を仕立てている。謡曲から取りながら、雅語でもって一つの古典的な世界を作り上げている。

さて、もう一つは、

道こそつゞけ真砂地の末
積もりても陰には薄き松の雪

ですが、これは名残の表の十一句目と十二句目です。「真砂地の末にずっと路が続いている」と前句を読んで、そして真砂から「積もる」というように言葉で付けております。付合《つけあい》によっているのですが、決してそれで終わっておりません。真砂の陰にいくらたくさん雪が積もっても、松の下の真砂路の雪は非常に薄い。非常に細かく、一つの景色をとらえて付けている。これもごく当たり前に付けているように感じますが、当時の他の句から比べますと大変新鮮な感じのする付け方なのです。こういう句が、二句ずつの付句から拾っていきますと、いくらでも探すことができるのです。

もちろん、連歌というのは、二句ずつ取り上げるのではなくて、一連の続きを考えなくてはなりません。そこで今度は、いくつか続いて並んでいる部分、これを考えてみたいと思います。

今度は慶安五（一六五二）年三月五日。これははっきり年月が分かります。

旅の舎《やど》りをいづち定めむ
俄にも佐野の渡りの雨曇り
三輪の檜原《ひばら》の陰分る道
かざし折袖こそ花の験《しるし》なれ
日も入逢《いりあひ》の舞ぞかすめる
立帰る南祭や惜むらん
幾たびわたる淀の川船
妹がすむ里に心はあこがれて

これは六十二句目から六十九句目であり（今度の『西山宗因全集』においては、後で索引を作る必要上、通し番号を付けている）三の折の十二句目から三の裏の四句目までの一続きなのです。この一続きをよく見ていただきたいのです。「旅の舎りをいづち定めむ」、今日の舎《やど》りはどこに定めようか、という旅の句です。その句に対して、「俄にも佐野の渡りの雨曇」。勿論、これも旅の句です。旅の句に旅の句を付けたのです。そしてここに「佐野の渡り」ということで名所《などころ》（連歌では名所と言います）が出てきます。この句からまず思い出されるのは何でしょうか。それは、ここに古歌の世界があるのです。直接には『万葉集』の、

くるしくもふりくる雨か三輪がさき佐野の渡りにいへもあらなく

という歌が思い出されるのです。当然これは雨ですし、あるいは「佐野の渡り」と詠んでいるところが万葉の歌がぴたっと来るのですけれども、もう一つ、宗因はここに有名な『新古今集』の定家の、

駒とめて袖うちはらふかげもなし佐野の渡りの雪の夕暮れ

という歌を意識しているのではないかと思います。そして、その雪を「雨曇り」に替えたのだと受け取ることができると思います。そうして、その次の句の場合に万葉の歌を使っているのだと思います。

三輪の檜原の陰分る道

つまり、ここに「佐野の渡り」から「三輪の檜原」と出てくる、これが先の万葉の歌によって

いるのです。佐野と三輪、これが一つの付合《つけあい》になっているのです。おそらくここで、「佐野の渡り」から「三輪の檜原」が出てくるのだと思うのです。
で、この三輪がやはり名所ですね。そしてその次の「かざし折袖こそ花の験なれ」、つまり、花が散り来るのをかざしにして、降り来る花を受けている。それがいかにも花の美しい時の素晴らしい美しい姿だ、と。ここで、それまでずっと雑《ぞう》の旅の句であったのを春の句に転じて、花を出してきます。そして次に「日も入逢の舞ぞかすめる」という句を付ける。当然、春を続けなくてはならないところで、これは、「日も入」というのと「入逢」というのが懸詞になっておりまず。「入逢の舞」というのは、雅楽などで退場をして入る時の舞ですね。そこで、「かざしの袖」というのが、今度は一つの舞の振りになるわけですね。

かざし折袖こそ花の験なれ
日も入逢の舞ぞかすめる

「入逢の舞も霞んでいるようである」ですね。今度は、

立帰る南祭や惜むらん

「南祭」で春です。南祭というのは、加茂の祭に対して石清水の祭が南の祭といわれるのです

ね。石清水の臨時の祭というのは三月の午の日に行われます。ですから、南祭で春の句になるわけです。先の「入逢の舞」から南祭が出てくるのです。「立帰る南祭や惜むらん」、立ち帰るにつけても、もう舞が終わり南祭も終わって、それがどんなに惜しく思うだろうか、と。

幾たびわたる淀の川船

南祭は石清水の祭ですから、それを観に何度も淀の川船で淀川を渡ったことだろうか、と。南祭に今度は「淀の川船」が付きます。春を三句で捨てて雑の句になるわけです。ここにまた名所が出てくるのですけれども、当時の「連歌新式」では「名所は三句を隔つべきもの」になっておりまして、これで当時としては構わないと思います。それに続いて、

妹がすむ里に心はあこがれて

今度は巧みに恋の句に転じてまいります。

この一連をずっと見ていきますと、いかにも風情のある句が並び、変化もあり、しかも本歌を取るにしても、懸詞を取るにしても、そんなにぎこちない取り方ではないのですね。非常に風情のある言葉に、いかにも宗因ならではという感じのする一つの独吟の並びだと私は思います。

宗因連歌と俳諧

実は私、この十一月の末に、愛知県の高等学校の国語の先生の会があり、そこでの講演を頼まれたのです。長い間、直接交渉のなかった愛知県立大学の教え子から電話が入り、彼は今、刈谷北高等学校の校長をしていて、その高等学校の会で推薦したから、先生是非やってくれないか、という話だったのです。というわけで、この十一月は、今回の講演の他に月末に二つ講演がある。十二月にまたもう一つ講演があり、このところ何か講演づいているわけなのです。

それはともかく、先の講演の話で、題は何でもいいと言うので、思いついたのが「宗因と芭蕉」です。それを提示してしばらくしますと、その世話役の人からたくさんのプリントが送られてきました。何かと申しますと、現在の高等学校の教科書に取り上げられている芭蕉と宗因の作品を、全部抜き出して送ってきてくれたのです。大変助かりました。最後にそのことについてお話ししたいのです。

そのプリントを見て面白かったのは、ほとんどが芭蕉なのです。宗因が出てくるのは、ほんの一握り。そして、その中の一冊の教科書に、私は大変興味を覚えたのです。それは、第一学習社から出ています『高等学校古典　古文編』という教科書です。私は最近、高等学校のテキストなどから離れており、よく調べておりませんので、今のところこれが誰が編集したものかは分かりませんが、この教科書の取り上げ方が他のものと非常に違っているのですね。春夏秋冬という形で発句が並べられているのです。

まず、貞門・談林／蕉門／芭蕉以降と三つに分けられており、最初の貞門・談林では、貞徳《ていとく》、季吟《きぎん》、宗因、西鶴が各一句ずつ挙げられています。まあ、順当だと思います。この教科書では、俳諧史の流れを例句に当たりながら説明して下さい、という取り上げ方なのですね。それから次は蕉門で、芭蕉、去来《きょらい》、嵐雪《らんせつ》、許六《きょりく》、丈草《じょうそう》、凡兆《ぼんちょう》が一句ずつ挙がっています。これも順当だと思います。その次は芭蕉以降で、千代女《ちよじょ》、太祇《たいぎ》、蕪村、秋成《あきなり》、几董《きとう》、一茶が一句ずつ挙がっているのですね。

さて、ここで千代女が挙がっている。あんな「俗」な俳人が挙がっている。有名だから取ったのでしょうね。ところが、そうかと思うと、今度は太祇が挙がっている。これだけの人数の中に太祇の句をわざわざ挙げてくる。このことを見ても、この編者は、おそらく近世の俳諧史を深く読んでいる、一つの見識を持った方だと私は思うのです。

蕪村、これは当然でしょう。秋成、まあ有名人です。だけど、秋成は小説家です。もちろん若い頃は俳句を作っているのですが、長いこと秋成の句というのは、秋成という号ではありませんから、分からなかったのですね。その秋成を俳人として挙げる。やはりこの編者は変わっているなと思うのですね。几董、これは蕪村門の重要な俳人ですが、しかしまあ几董を挙げるというところにも、この人の独特の考え方があると思います。それから一茶、これは仕方がないでしょうね。当然とは言いません。仕方がないと言いたい、有名だから。私だったら、この時代の人では一茶よりは夏目成美《せいび》を挙げるでしょう。だけど、今は教科書に一茶を外して成美を挙げると言ったら、きっと怒られるでしょうね。

とにかく、芭蕉以降では、この編者の好みは普通の考え方とは違い、独特なものを取り上げているると思うのです。

さて、今ここで問題にしたいのは、貞門・談林で貞徳、季吟、宗因、西鶴の各一句が挙がっている中、宗因の句では何が取り上げられているか、なのです。それは、

海は少し遠きも花の木の間かな

であり、これに脚注が付いています。

「西山宗因　一六〇五―一六八二年　談林俳諧を開いた。句の出典は『宗因発句帳』。海は少し遠けれども――源氏物語の『須磨にはいとどこころづくしの秋風に海は少し遠けれども』をふまえる」

実にちゃんと的確な注が付いているのです。こんな短い言葉でこれ以上の注はないと思うのです。問題は、ここに挙がっている他の句がすべて俳諧なのに、宗因の句だけが連歌なのです。まさかこの人が、『宗因発句帳』を俳諧の集だとは思っていないと思います。全体の選び方から見ても、当然分かっているのだろうと思うのですけれども、宗因の場合、『宗因発句帳』の連歌か

らの一句が採られていることに私は注意したいのです。

『宗因発句帳』を調べますと、この句には「須磨にて」という前書が付いています。すなわち須磨で詠んだ句であり、そこで『源氏物語』の須磨の巻を思い出して、そこからできたものだと思われます。つまり、場所が須磨だということと、それから『源氏物語』を非常に巧みに詠み込んだ、優れた連歌なのです。それをあえて、俳諧を並べた中に宗因の句として取り上げているところに、この人独自の感覚、この句に対する思い入れが感じられるのです。

ここから先は私の考えですけれども、宗因の連歌には、俳諧を並べている中に置いてもおかしくない、それだけの新しさを持った新鮮な句が存在するということなのです。まさしくこれは〝蕉風の句の一つ前〟です。宗因が元禄時代まで生きていたら、どんな句を詠んでいただろうか、と。芭蕉のような句を詠んでいたかどうか、それは分かりません。分かりませんけれども、宗因の至りついた境地は、芭蕉の句とまさしく紙一重のもの。これを、俳諧ではなくて連歌という世界の中で宗因は詠んでいる。

「まさしく宗因はやはり近世第一等の天性の詩人だと言うことができるのであろう」という、私の尊敬する中村幸彦先生の言葉をあえて引用いたしまして、今日の話の終わりといたします。どうも御静聴ありがとうございました。

シンポジウム

現代と連歌

現代連歌のあり方を問う

［パネリスト］

両角倉一　山梨県立女子短期大学名誉教授

光田和伸　国際日本文化研究センター助教授

馬場あき子　歌人

［司会］

島津忠夫

平成16年11月６日，コスメイト行橋にて

島津　今日のシンポジウムの司会をいたします島津忠夫です。最初に、パネラーとしてお話しをしていただきます講師のご紹介を簡単にさせていただきます。

私のすぐ右にお坐りの方が両角《もろずみ》倉一《そういち》さんで、山梨県立女子短期大学の名誉教授でいらっしゃいます。昭和三十三年に東京教育大学をご卒業になり、三十五年に修士課程を修了しておられます。『宗祇連歌の研究』、『連歌師紹巴―伝記と発句帳―』という著書があり、その他連歌についてたくさんの研究論文を書いていらっしゃる方です。

次に、その右にお坐りの方が光田《みつだ》和伸《かずのぶ》さん。国際日本文化研究センターの助教授であり、昭和五十一年に京都大学の修士課程を修了されております。和歌、連歌、俳諧にわたって、優れた研究論文を多く書いていらっしゃいます。今日のお話とおそらく関わると思うのですけれども、平成八年五月、『国語国文』にお書きになった「連歌新式の世界―連歌式目モデル定立の試み―」という論文が、私などは大変印象に残っております。そして、大阪、京都の朝日カルチャーセンターで連歌の指導をしていらっしゃる。まさに連歌の実作のプロと言っていいと思います。

一番右にお坐りの方が馬場あき子さんで、今更ご紹介申すまでもなく、現在まさに第一線の歌人として皆さんご存じの方です。昭和五十三年に『かりん』という雑誌を創刊なさいました。歌集はもう数え切れぬほどでありまして、昭和三十年に『早笛』、以下もう次々と歌集をお出しになっていることは、皆さんご承知のとおりです。歌集だけではなくて、『式子内親王』とか『鬼の研究』とか、非常に優れた評論もたくさんあります。そして、『馬場あき子全集』十二巻、別巻一冊が出ております。それればかりではなくて、喜多流の能をお舞いになりまして、古典にも大変新しい観点から色々な発言をなされていること、これもまたご存じの通りです。

ところで、昭和五十六年の十一月に、行橋の須佐神社で「奉納連歌シンポジウム」というのが行われまして、それは昨年、二十二年振りに『よみがえる連歌―昭和の連歌シンポジウム―』（海鳥社）という形で刊行されております。その「奉納連歌シンポジウム」では、やはり私が司会をし、浜千代清氏、棚町知弥《ともや》氏、臼田甚五郎氏、金子金治郎氏の四人で討議が行われました。

その時の討議の中で、なんとか新しい指針を求めようとして問題になったのは、連句ではなくて連歌の形式ということであり、世吉《よよし》という四十四句の形がいいのではないかという提案が浜千代さんから突如出ましたことから、今日まで連歌では世吉を行うということにつながってきております。それから、連句と違って付合《つけあい》を重視するということもこの時に問題になったと思います。

そういった成果を踏まえて、今回のシンポジウムでは、改めて「現代連歌のあり方を問う」ということがテーマになっております。私が司会をいたしますのは、前回のシンポジウムを受け継ぐという意味で、亡くなられた高辻さんから、最初から、お前がやれと言われていました。当時私は五十台半ばだったのですが、今はもう、七十八歳の老齢になっております。そして、その時の講師であった浜千代さん、金子さんは、共にお亡くなりになりました。臼田さんはご存命ですけれども、ご病気で、とてもここにお見えになるというような状況ではございません。まして、今度のシンポジウムを是非やろうと言われておりました高辻さんがお亡くなりになったわけなんです。

さて、昨年十月に、今回の国民文化祭のプレ連歌大会が行われたのですが、その記録をまとめた『連歌実作集』という冊子ができており、その「あとがき」として高辻さんがお書きになった中に、大変印象的な文章がありますので、高辻さんを偲ぶ意味で、その一節を読ませていただきます。

「明治以降、百年の断絶を経て、日本の社会で今から二十年前、連歌創作が行われていたのはこの行橋市の須佐神社・祇園祭に於いてだけであった。当時では全国連歌大会を開いたり、公募作品を募るなんてことは考えることも出来なかった。幸いなことに二十年前から大阪、岐阜で連歌座が復活し、京都・三重・和歌山・東京で、さらには全国で連歌が復興し連歌が詠める層が厚くなってきた」

このようなことをお書きになっております。

本日は、以前のシンポジウムを踏まえて、まず両角さんに、連歌研究者の立場から現代連歌の現状を最初にお話ししていただきます。それから、光田さんには、特に現代の連歌の式目についてお話しいただきます。光田さんは、式目のことは何でも分からなかったら光田さんに聞けば解決する、という大家でありまして、今日も資料として現在の式目の表が配られておりますが（99～101ページ）、それをもとに現代の連歌の式目についてお話しをしていただきたいと思っております。最後に馬場さんからは、現在の連歌の細々《こまごま》としたことではなくて、もっと広い視野から、色々な新しいお考えをお聞きして、これからの連歌を詠んでいく上の指針にいたしたいと思っております。

では、両角倉一さんからお願いいたします。

現代連歌について

山梨県立女子短期大学名誉教授　両角倉一

では、お配りしてある資料の初めの部分からいくつか話題を選んで、〝前座〟としての話をさせていただきます。

ご承知のように、江戸時代に俳諧文芸が盛んになりますが、伝統的な連歌も徳川幕府や諸藩の保護のもとに行われ、また、神社などに付属した奉納連歌も各地で行われておりました。しかしながら、幕府政治の崩壊によって、連歌文芸は冬の時代を迎えることになります。

明治・大正年間の連歌の実態については、私は不勉強で断片的なことしか分かりませんが、昭和年間に入りますと、越中富山藩の最後の連歌宗匠を父親に持ち、少年時代に連歌実作の経験のある、国語学・国文学その他の学者である山田孝雄《よしお》氏が、仙台と伊勢で稽古連歌の指導を行っております。その内、仙台での作品は昭和十六年刊行の『連歌青葉集』にまとめられています。これは、その四年前の昭和十二年に出版された『連歌概説』とともに、近代連歌実作の古典と言ってよい本だと思われます。

ところが、山田孝雄氏が昭和三十三年に亡くなると、〝山田連歌〟の継続的な制作の座は消滅し、昭和十年頃まで続いていた太宰府天満宮の奉納連歌も、また、昭和十九年頃まで続いていたという九州のその他の神社の連歌も廃絶しておりましたので、日本国内ではこの行橋市の今井祇園社（須佐神社）の法楽《ほうらく》連歌が唯一の連歌の興行される場となりました。

古い伝統による笠着《かさぎ》連歌の一種である「車上《しゃじょう》連歌」や社前における「社頭連歌」の運営を守り続け、さらに、昭和四十年には月例の会である「須佐神社連歌の会」を発足させて現代の連歌を模索するなど、孤軍奮闘の活躍をされたご当地の皆さんに敬意を表したいと思います。

そして、〝現代連歌の聖地〟とでも言うべきこの行橋市で、昭和五十六年に奉納連歌シンポジウムが行われ、そのことをきっかけとして連歌復興の動きが高まり、昭和六十二年には大阪平野の杭全《くまた》神社の法楽連歌が再興されることになりました。さらに、平成年間に入ると、京都市、岐阜県、三重県、その他の各地にも連歌の輪が広がり、明治時代以降衰微していた連歌が、現代に再びよみがえることができたと言ってよいのではないでしょうか。

その間の連歌復興に功績のあった須佐神社の高辻安親宮司さんと杭全神社連歌その他の宗匠を務めた浜千代清先生が亡くなられて、今日のこの席にお出でになっていないのは大変残念ですが、明日の連歌実作の各座を捌かれる複数の宗匠《そうしょう》クラスの方々を中心にして、現代の連歌がますます隆盛に向かうことを願っております。

さて、座の文芸としては、現代の連句（俳諧の連歌）が連歌以上に盛んに行われておりますが、現代連句に対する現代連歌の表現の用語は、浜千代先生が立案された杭全神社の「平野連歌八則」や岐阜県揖斐川町小島頓宮《おじまとんぐう》法楽連歌会での「連歌要項」に述べられているように、「雅《が》馴《じゅん》なる表現を基本とし、漢語、外来語等もこれによって取捨あるべきこと」、「表現は伝統的な雅語を基準とする。……現代語（日常語・流行語・カタカナ語）も雅語的感覚によって取捨する」という基本方針が適切であると思われます。

今回、このシンポジウムのパネリストを仰せつかって、にわか勉強で、初めて昭和十六年刊行の『連歌青葉集』を通読し、平成年間の現代の多くの連歌作品も読んでみましたが、『連歌青葉集』に収められた連歌は、連衆《れんじゅ》に国語学者や国文学者が多いせいか、また、文語文になじんだ世代の人が多いせいか、雅語的な表現が徹底しており、いわゆる「俳言《はいごん》」が少ないように思いました。

それに比べて平成時代の連歌作品は、現代連句の影響を受けているためか、俳言の多い作品が目に付きますけれども、この数年に制作された連歌は俳言が少なくなってきており、使われている言葉も雅語的感覚のものが多く、次第に洗練の度合いを深めてきているように感じられます。

「伝統的な雅語の表現」の見事な例としては、資料に記した、郡上市大和町の「明建神社奉納の連歌」の第三「山をぬく（貫く）長路いづれば夏果てて」や五句目の「さざれ石巌となるか国境」などの長高《たけたか》い句と、「京都連歌の会の連歌」の「ちり塚のちりとなるらんわが思ひ／ときめき込めて紅あざやかに」といった優艶な恋の句を挙げておきたいと思います。

また、雅語的な感覚の漢語とカタカナ語の例としては、「少年の吹くオカリナ流る」という句を挙げておきました。さらに、「少年」という漢語を使った例として、「測るすべなき少年の闇」という句も挙げてみました。

前の例句「少年の吹くオカリナ流る」は、「朝日連歌会」の選者の鶴崎裕雄さんが選評に記しておられるように、「わらんべの吹く草笛流る」という句形よりも現代連歌風な新鮮さがあります。また、後の例句では、現代文明に翻弄される少年少女の困難さを表現するのに、「測るすべなきわらはべの闇」というような古風な言葉を使うよりは、ずばりと「少年の闇」と述べる方が効果的であり、現代の連歌作品の中の秀逸な句の一つと思われます。

雅語的な感覚の漢語の例としてあげた「少年」は、中国の漢詩文以来の古い言語でありながら新鮮であり続けている言葉と言うことができましょう（『和漢朗詠集』に収められている白楽天の漢詩の一節や、それを踏まえた『狭衣《さごろも》物語』の冒頭の文章の表現なども連想されます）。

両角倉一氏

話題を変えて「連歌の季語」についてひとこと触れておきますが、この用語も俳言の問題に絡んできますので、室町時代から江戸時代にかけて連歌で使われた季語で、現代にも通用する言葉を優先して使えば、現代連歌の雅語的な性格が高まると思われますが、どうでしょうか。

そのような意味合いで編集した「連歌季語要覧」（資料① 95～98ページ）を参考資料として掲げておきました。不備な点の多いものですが、適宜取捨して、活用していただければ幸いです。

次に、世相・時事の題材や風体《ふうてい》としての俳諧的な表現について、少々触れてみます。「伝統的な連歌は花鳥風月を中心にして優雅に詠むべきであり、世相時事の題材を詠み込むことは現代の俳諧連句に傾斜し過ぎて感心しない」と考える方があるかも知れませんが、山田孝雄氏の『連歌概説』に記すように、古くより、一巻の内に一カ所程度は時世に即した句を詠むことは許されていて、実作例があります。

二条良基が『筑波問答《つくばもんどう》』の中で述べているように、中国の『詩経』以来の「風雅」の伝統を踏まえた、世の道理・世のことわりに適《かな》った「心正しく詞すなほ」な表現であるならば、俳諧連句とは違った伝統的連歌一巻に重みを加えることになると思います。その実作例をプリントに挙げておきました。『連歌青葉集』に収められている作品「果てこそしらね流れ行く水／もろこしも亜米利加も亦隣にて／何争はんうからはらから」は、日中戦争の最中、昭和八年九月の稽古連歌百韻の一部、『平成の連歌』に収められている作品「背筋ま直に雲の峰たつ／思はざる地震《なゐ》につひえし跡ひろく／憂ひは多し国の内外《うちそと》」は、阪神淡路大震災のあった年（一九九五年）の九月に、須佐神社において興行された奉納連歌百韻の一部です。

また、「有心《うしん》幽玄」を基本の風体とする伝統的な連歌（いわゆる純正連歌）に、一カ所程度、俳諧体《はいかいてい》の句を詠み入れることも、現代連歌のふところを広げ、活性化につながるのではないでしょうか。

俳諧体の句を豊富に含み活気のあった『菟玖波《つくば》集』から、俳諧体を排除して「有心幽玄」を目指した『新撰菟玖波集』へという撰集連歌の歩みは、座の文芸としての長連歌の発展にとって問題をはらんでいたのではないかと、時々思うことがあります。

「故《フル》キヲ温《タツ》ネテ新シキヲ知ル」と言いますが、中世・近世・近代の連歌文芸の流れを視野に入れながら、現代の連歌の発展を見守りたいと思っております。

＊

島津　どうも有難うございました。続きまして光田和伸さんにお願いします。

現代連歌の式目

国際日本文化研究センター助教授　光田和伸

光田でございます。今日は時間があまりございませんので、三つの点についてお話ししたいと考えております。

一番目に、島津先生からご慫慂《しょうよう》がありましたように、連歌式目、連歌のルールとどう付き合っていくか、という問題です。それから二番目に、新しい連歌を詠み出すにはどうすればいいのか、これは切実な問題です。古典のただの模倣ではなくて、新しい連歌作品を詠むにはどうすればいいか、それをお話ししたい。三番目に、もし時間がありましたら、連歌の未来はどうなっているのだろうか。大きすぎるテーマかも分かりませんが、お話しさせていただきます。本当にかいつまんで要点だけ申し上げます。もし、お分かりにならなければ、ご質問いただければ、そこでお答えをさせていただきます。

連歌式目との付き合い方

まず第一に、連歌式目とどう付き合っていくか、という問題でございます。これはかなり深刻な問題です。明治になって連歌が廃れ、詠まれなくなった原因の一つに、式目があまりにも難しいことが原因としてあるのではないかといわれています。これは、私が居合わせたわけでもないし、検証したわけでもないので、そういわれているとご紹介するだけなのですが、まあ、さもありなんということはございます。

ここでしかし、同時に考えなければならないことは、二条良基とか宗祇とか紹巴とか、そういう連歌の三つの大きな峰のすばらしい作品、きちんとした作品を支えているのも、また連歌式目だという事実です。

ですから、かつて偉大な作品を生み出す原動力となった連歌式目が、近世江戸期から明治の初めにかけて、連歌そのものの息の根を止めてしまう原因ともなったのはなぜなのか、ということが本当に大切な問題だと思います。連歌式目が変わったのか、それとも式目を使って連歌を作ろうとする人が変わったのか。私は両方だと思うのですが、では、人間がどういうふうに変わったかという問題は、とても今日の時間ではお話しできませんので、連歌式目がどういうふうに変わってきたかということをかいつまんでお話しします。

まず、「連歌新式」というものを、根本教典と言いますか、私どもはたわむれに「憲法」と呼んでおりますが、「憲法」に書いていない「施行細則」みたいな番外の規則が、時代とともにやたらと増えたんですね。そんなことは「連歌新式」のどこにも書いてないじゃないかというルールがあまりにも増えて、連歌が習い事になりますと、軽い習いから重い習いにまで、随分段階を追って教えられることが増えていったわけで、すべてが習い事化していったのです。

それはある意味で、学ぶ人にとってとても便利だし、親切なことであった面もあります。とにかくそれで一つ一つクリアしていけば、大体分かっていくわけですから。そういう面もあったと思いますが、同時にそれは、例えば一本の木で言いますと、枝が茂って大きな幹が見えなくなり、木というものの骨格がどういうものだか見えないままに木を眺めている、ということになりかねないのです。全体の体系が見えないままに、軽い習いから重い習いに進んでゆく。そういう傾向が常にある。その結果、式目とはどういうふうになっているのかということが、かえって見えなくなるということがあったのではないかと思います。

「連歌新式」は『群書類従』という非常にポピュラーな叢書に入っています。『群書類従』は、大学図書館ならば大体入っているものです。

光田和伸氏

公共図書館でも中央図書館に当たる所など、ほぼあると思います。行橋市の図書館にも入っているでしょう。なかったら要求して下さい。

その『群書類従』に「連歌新式」は入っています。どれぐらいの分量かというと、活字にして七、八ページ程の、ほんの片々たるものです。しかし、読んだ方は経験がおありでしょうが、これが何を言っているのか分かりません。こんなに何を言っているのか訳の分からないテキストというのは、私は初めてでした。困りました。

私は、二十歳の時に講義で初めて連歌を教えていただいた島津先生に、困った時には頼っていたのですが、島津先生は、何を質問しても、たちどころにご自身のご意見というものが具わっている方で、ほぼ間違いないと言ったらかえって失礼ですが、明哲、神の如き方なのです。それは昨日のご講演でお分かりになったと思います。

その島津先生に「連歌新式」についてお尋ねした時、お忘れかも知れませんが、先生はほとんど何もおっしゃいませんでした。それが私にはとてもショックで、やはりこれは分からないものかと思いました。どうも、昔は十五年か二十年かけたら分かる人もいる、というものだったらしい。

でもしかし、悔しいものですから、時間をかけて「連歌新式」を見ているうちに、ふと、これはジグソーパズルではないかと思いました。一枚の立派な絵をさまざまなパーツに分けて、ぐちゃぐちゃに置いていけば、こういうものになるのじゃないかという気が、ちょっとしたのです。

ジグソーパズルをなさった方はお分かりと思いますが、これを完成させるためには、二つの素質が要ります。まず第一に忍耐です。一にも二にも忍耐です。それから、ちょっとした発明というか、工夫ですね。要するに、絵の枠は真っ直ぐですから、片方が真っ直ぐになっているパーツを集めて、それで絵の周囲を決めていく。それから色が似ているものを集める。濃淡が似ているものを集める。そうやって試行錯誤していくと、何とか全体の絵ができる。

同じことを「連歌新式」でやってみたんです。ばらばらにばらして、関連のあるものを組み合わせる。すっきりと〝絵〟が見えるまで、何度でもやる。その結果出来上がったものが、実は先程島津先生にも両角先生にもご紹介いただきました「連歌新式」の図表版（99〜100ページ）とも言うべきものでございます。

これを作ります時に、これはジグソーパズルですから、原則を決めました。それはまず、新しいパーツを自分で作らないということ。それと、「連歌新式」にあるパーツは一つも捨てないということ。つまり、「連歌新式」にあるものだけで組み立てるということですね。

また「連歌新式」には、了見すべきこととか、

「打越《うちこし》」を嫌うべきこととか、その他のこともありますが、そういうのは別のルールを決めることにして、とにかく「部立《ぶだて》」・「句数」・「句去《くさり》」という、この三つの原理がどうなっているのかを考えたのです。まず、実際に連歌を作っていく上で一番根本になる「部立」。どういう素材を使うのか、ということですね。二番目に「句数」。それぞれの素材はどれだけ続けられるか、という決定ですね。それから「句去」。一度使うのをやめた素材を再び使うためには、どれぐらいの句をパスしなければいけないか、ということ。

この三つがどういうふうになっているかということですね。そこにはどういう統合的なルールがあるのか、ということを決めていったのです。網羅的に逐一覚えるのでは、とても覚えられません。ですから、もし原理があるならば、そのルールを決定しておけばいいわけです、一つ一つを覚えなくてもいいのです。

もう解説はいたしませんが、その結果、素材というのは全部で十七あります。お手持ちの表（99ページ）に書いておりますように、その十七が、人間自身を示す「人倫」というものを真ん中にして、上に「天然界」がある。下に「人間界」がある。「天然界」は四つに分けられて、四つのそれぞれがさらに二つに分けられている。具体的には、天の単語である「光物《ひかりもの》」と「時《じ》分《ぶん》」です。大地の単語である「山類《さんるい》」と「水《すい》辺《へん》」、天と地を繋ぐ媒《なかだち》である「聳物《そびきもの》」と「降《ふり》物《もの》」、それから大地を飾るもの、「動物《うごきもの》」と「植物《うえもの》」です。天、地、媒、飾というのは、私が整理のために仮に付けたものでございまして、「連歌新式」には出てこないことをご承知おき下さい。

大切なのは、それと同じだけの要素が「人間界」にも準備されていることで、人間界の単語も四つに分けられて、その四つがそれぞれ二つに分けられています。人間界の天に当たる言葉は、「神祇《じんぎ》」と「釈教《しゃっきょう》」、神様・仏様であります。神様と仏様が人の心の中にある「天」。人間界の地に当たるものには、「旅」と、人間が名前を付けた場所「名所《などころ》」です。それから、人間界の媒は、人と神仏を結びつけるものです。恋と述懐《しゅっかい》がございます。好きな人と一緒にさせて下さいという願い、それから、私に良い運勢を開いて下さいという願い、こういうものによって人は神仏に出会うのです。もし、そういう悩みがなければ、人はなかなか神仏の前に出ていかないでしょうから、人間と神仏を繋ぐものは「恋」と「述懐」なんですね。

それから、人間の生活を豊かに彩るものは、居所と衣装、住居と身につける衣類の類です。食べ物は、素材ではございません。お酒だけは別ですが、食べ物のことは連歌では詠まないのです。これは、とめどなくいやしくなるからですね。『源氏物語』には日常の食べ物のことは出てまいりませんでしょう。それが日本の本来の考え方なのです。

こういうふうに、「天然界」と全く同じものが、人間の中にも反映して具わっているという、こういう考え方が大事なのです。ですから、連歌の前句で日や月などの光物が出てきたら、次に神仏を持ち出して構わないのです。天照大神は日輪神でありますし、仏様は大日如来というわけであります。それから月が出てきたら、月は真如《しんにょ》の月、すなわち仏の悟りである。山や水辺が出てきたら、さらりと旅か名所に転じて構わないのです。

こういう、天然の世界と人間の世界が照合しているという考えが大切なことなのです。例えば、「連歌新式」に出てこない言葉で、風の仲間を称して「風体《ふうてい》」という言葉がございます。

嵐とか東風《こち》とかを風体と申します。それは、後の式目では素材の一つになっていきますが、「連歌新式」には出てまいりません。ですから、それを付け加えたのは、こういう調和を崩す方向に働きます。おそらく、知らずに調和を壊しにかかっているのです。分かって加えたわけではないと思います。

ですから、こういう調和した世界が見えなくなった時代の人々が、新しい素材を次々に付け加えて、全体のバランスを崩していくのです。これが、連歌がとめどなく全体の調和を見失って煩雑になってゆく一つのきっかけになったのではないかという気がいたします。

それから、次は「句数」でございますが、この十七の素材に四季を加えます。春、夏、秋、冬です。二十一になります。二十一を三で割ると七つになります。三つずつ切っていくのです。一番目は、勅撰集の部立として入っている春、夏、秋、冬、述懐、神祇、釈教、旅の九つです。これは勅撰部立でございます。その中で春と秋と恋の三つは、美しいもの、良いものなので、五句まで続けてよい。残りの、夏、冬、述懐、神祇、釈教、旅は、三句まで続けてよい。こう決めてあります。

それ以外の、二十一から九を引いた十二は、これは、勅撰和歌集の部立にありません。私撰集の部立にだけ出てくるものです。これは中国の百科全書の分類から来たものです。この中で山類、水辺と居所の三つは重要な素材で、水墨画ではこの三つは必ず使われます。いわば、中国古来の宇宙を表す理念ですね。山類、水辺、居所の三つは、三句続けてよい。それ以外のものは二句しか続けられない。三で割っていって、それぞれ五句、三句、二句というふうに、グレードをつけていくわけですね。ですから、先程の素材の分類に働いた原理と、こちらの句数の分類に働いた原理は全然違うのです。ここには日本と中国の教養が混ぜられているのです。

それから、三番目の「句去」の原理は簡単でありまして、要するに、天に関係をする単語は三句去りです。空にある光物、天体である日、月、星。それから、天から落ちてくる降物である雨、雪。天へ上ってゆく聳物である雲、虹。これらは三句去りです。それ以外はすべて五句去りなのです。

これは、人は大地のことにかまけて天を忘れがちなので、天は多く出るようにと制限を緩めてあるのです。こういうところも人間の性質を洞察してバランスが図られてあります。

もっとも、天や大地のものであっても、さらに下位分類があるものが四つあります。「時分」と「動物」と「植物」と「名所」です。これらはさらに細かく分けられておりまして、「時分」は夜と朝と夕、「動物」は鳥、獣、虫というように、それぞれ下位分類がありますが、鳥と鳥のように同じ物同士は五つ去る、鳥と虫のように違うものは三つ去る、よほど違うものは二つ去る、というようになっております。表の数字にアミがかけてあるものは、私が補ったパーツであります。「連歌新式」にはこういう記述はありません。記述がないということは、ごく当たり前ですから省略したのだろうと思います。ですから補いました。それから季節と季節が七句去りで、人倫と人倫は二句去り、こういうふうになっております。

この完璧な体系は、二条良基が作り上げたのだろうと考えています。「連歌新式」というからには、それ以前に「本式」（古式）があったのですが、それを改訂して、以上のように完璧な、水も漏らさぬ体系に仕上げたのは、あくまでも一人の人間であるはずです。それが二条良基、能の世阿弥を育てた人ですね。おそらく政務から帰ってきてくつろぎながら、多分一人の時間に作ったのだと思う。その原理になったものは何だろうか。私がとりあえず感じておりますのは、二つの曼陀羅、胎蔵界曼陀羅と金剛界曼陀羅でございます。

胎蔵界曼陀羅は、生成する自然を象徴する曼陀羅、母なる大地、母なる自然を象徴する慈悲の曼陀羅といわれております。真ん中にいらっしゃるのは大日如来。これは、中世でございますから、本地垂迹《ほんじすいじゃく》の考え方で大日如来が天照大神であったり、時には天御中主になったりするわけです。「部立」の素材分類が、二で分けられているという原理になっている。

胎蔵界曼陀羅は、ご覧になれば分かりますように、上下、左右から二つずつ取っていくのです。二分法であります。ですから、素材を分ける時は胎蔵界曼陀羅を原理にして二分し、四分し、八分し、十六分してゆく。一方、「句数」を決める時には、これは三で分けているのでありまして、こちらの原理は金剛界曼陀羅であろうと思います。金剛界曼陀羅は三で分けていきます。知恵の曼陀羅といわれています。

大切なのは、この二分法の「部立」と三分法の「句数」というものが合わさって同時に動くということであります。二と三は互いに割り切れませんから、これを組み合わせると色々な組み合わせができる。それにさらに別原理の「句去」が加わります。そういうことによって多様な動き方をする素材を組み立てたのです。

これは完璧なルールです。こんなことが今から六百五十年も前に一人の貴族によって作られたかと思うと、茫然とするほど完璧なものです。水も漏らさないルールです。それが分かってきた。それが曼陀羅であり、宇宙の調和につながるルールを知ってもらうということが、「連歌新式」のねらいだったのです。言葉の一つ一つ

（単語）が、もれなく「宇宙の調和」を担って存在している。その感覚を生き生きと働かせながら世界を詠み、人の心を詠む。それが連歌なのです。

では、それがなぜ、ジグソーパズルのようにばらばらになって分からない形でここにあるのかというと、それは、辛抱ができて、しかも発明できる者だけが、指導者になれる。これが日本の考え方だったのです。誰でもすぐルールが分かって、明日からリーダーになることができるのを、日本は尊ばない社会なのです。

ですから私は、昔は二十年もかかったかも知れないことを、二日で分かっていただけるように作り変えて、こうして皆さんに見ていただいているのですが、多分、「お前は何を考えているのか」と二条良基に叱られることと思います。もし幸いに来世で二条良基に会いましたら、謝らなければばならない。

どうか、皆様もそういう調和に満ちた世界があるということだけを受け取っていただいて、ご辛抱はまた別途していただければありがたいのです。

新しい連歌を詠むために

次に、新しい連歌を詠むにはどうすればよいかというのは、難しい問題です。私が今、切実に考えているのは、どうか俳諧と和解してほしい、ということであります。といっても、今、連句というものが行われておりますが、連句を勉強しろということではないのです。

俳諧との和解というのはどういうことを申し上げたいかと言いますと、私たちの言葉と心は時代の色に染められて出来上がっています。お互い百年足らずの短い時間を私たちは生きていますが、その時代に固有の言葉、固有の心の持ち方に染め上げられていますね。それで互いにお付き合いをして毎日を暮らしているわけですが、ただ、そういう時代に染められた心の奥にある永遠の心、変わらない心に出会うために、私たちは連歌をしているのだと思います。それは努力すればできることなんですね。

その時、どうすればそれができるのかという問題が大事なのです。もちろん、きちんとした古人の立派な連歌作品を読んで、心の動きをよく研究して、なるほどそうだと膝を打つということは、やってもらわないといけません。古典をちゃんと地道に読んで、「湯山三吟」や「水無瀬三吟」や、あるいは「石山百韻」とか、そういうものは読んでいただかなければならないのですが、しかしそれ以外にも、実は、時代時代の中で、自分の新しい作風を打ち立てるには、やっていただきたいことがあります。

それは例えば、比喩で申しますが、好きな人が振り向いてくれないというのは、日本の恋の本意です。一緒にいたいのにいられない、これが恋です。好きな人が振り向いてくれない。こちらは燃えているのに、会ってくれない。それが恋です。では、その逆の、好きでもない人に追いかけられる、というのはどうでしょう。これは恋の本意ではありません。それは連歌に詠んではいけないのかと言うと、公式的には「詠まない方がいい」という返事が返ってくる。しかし、詠んでもいいのです。

けれど、一つだけ条件があります。それは、こういう心を詠む時は、好きでもない人に追いかけられるというテーマで詠むとしたら、言葉を正しく、心を厳粛にして詠んで下さい。要するに、的をわざと射《い》はずすという時は、きちんとした礼儀作法を守って弓を射て下さい。そうすれば、それは連歌になります。一座は多分くすっと笑うと思います。真顔で冗談を言っているのだな、と。それでいいのです。「詠んではいけない」ものを詠む時は、どうぞ最高の礼儀を守って、正しい言葉を使って、厳粛に詠んで下さい。それを出せば、座は大いに沸くでしょう。そういうことも、むしろ大切なのです。

それから、逆に、変な言葉を使いたいという誘惑があります。使ってもいいのです。そういう時は、いわば射礼を無視して、めちゃくちゃなスタイルで弓を射るのですが、どうか、きちんと的に射当てる覚悟でやって下さい。

例えば、『古今和歌集』にこういう歌があります。「ありぬやとこころみがてらあひみねばたはぶれにくきまでぞ恋しき」(一〇二五)。これは、ある人とお付き合いをしていて、お付き合いをしていれば時折、まあ慣れということもあって鼻につくようなこともある。これでは、あの人に会わなくても大丈夫なんじゃないかと思って、ためしついでに会うことをやめてみると、そんな冗談半分のためしの試みができないくらい、あの人が恋しい。「試みがてら」とか「戯れにくき」とかいうような言葉は、昔の「ちゃんとした」歌の言葉ではありませんでした。とても出るところへ出すような言葉づかいではなかった。でも、「戯れにくきまでぞ恋しき」と言われた時には、やはり厳粛な気持ちになりますね。詠んでいる途中までは、聞いている人はくすくす笑っているのです。「ありぬやとこころみがてら」では大いに笑ったのに、後でしんみりした気持ちになる。平生、人は構えていますが、笑った時には心の構えがはずれている。だから、涙がふいについて出るのです。

こういうふうに、まじめなことを詠もうという時に、わざと言葉をはずして詠む、それで新しい効果をあげる。このやり方を「俳諧」と言います。逆に、まじめな言葉を使いながらわざと的を射はずすのは、『古今集』の分類で言うと「雑」であります。「雑」と「俳諧」を脇侍にして、真の『古今集』の歌の道、即ち真の連歌の道は、その真ん中を通っているのです。くれぐれも真ん中だけを通るのではなくて、その両端の二つのスタイルを時代に即して考えながら、連歌を新しくしていきましょう。

「変な言葉」は時代と一緒に変わっていきます。「変な心」も時代と一緒に変わっていきます。変わるから「変な言葉」、「変な心」なのです。それも詠んでいいのです。ただし一つだけ、やってはいけないことがあります。それは「時代の心を時代の言葉で詠む」ことです。これをしたら連歌でなくなります。浮いてしまいます。よそのことでよくは分かりませんが、現代連句には、私は少しその点で一つの懸念があります。時代の心を時代の言葉で詠むと浮いてしまうのです。たかだか四、五年経って読み返すだけで、索漠たる印象がありますます。四、五十年して、もし読み返すことがあれば、何が面白かったのかさえ分からないことになります。

芭蕉があああいう偉大な人になったのは、今、私が申し上げたように、連歌と俳諧を常に意識しながら歩んだからなんです。昨日の島津先生のご講演にも出てきましたが、芭蕉の先生の宗因は連歌の先生でしたし、談林という最も過激な俳諧のリーダーでもありました。つまり、厳しい連歌という父親と、とめどない包容力のある談林という母親からの子供として、芭蕉の文学、蕉風は生まれたのです。

花の世界に一代交配というものがあります。系統の違う二つを掛け合わせると、魔法のように大きな、きれいな花が咲きます。それが芭蕉だったんです。大事なことは、その花の種を蒔いても、もうきれいな大きな花は咲かないのです。芭蕉を継承しようとしても、連歌と談林を勉強しないから、芭蕉の継承はできないのです。

「芭蕉庵何世」とか、「蕉風をやっています」と言う方々は是非そうしていただきたい。まず連歌を勉強して、できれば談林もやっていただきたいと、私は常々思っております。

連歌の未来ということについては、時間がなくなりました。ご質問が出ましたらお答えしたいと思います。

＊

島津　ありがとうございました。続いて馬場あき子さんにお願いします。

私と連歌

歌人　馬場あき子

馬場あき子です。島津先生のおはからいによって、一人素人も入れないと面白くないということで、最後に私が出ております。

連歌・連句・短歌

私は、連歌について、今まで（島津先生を含めて）お三人がお話しになったことについては、昨日の夜、やっと勉強したんです。私たちも連歌は盛んにやっておりますし、歌詠みだから「連歌、連歌」と言っていますけれども、この前、ある俳句の人から「あなた方がやっているのは、連句であって連歌ではない」と言われて、連句と連歌……困ったなあと思っていたのですけれども、今、お話にもあったように、大体その連歌というものの趣旨が分かってきたところです。

例えば、大岡信《まこと》さん・丸谷《まるや》才一さん・岡野弘彦さんが毎月、『ちくま』という雑誌の中で、連歌というか連句をやっているのですが、あれは「連句」と称しているんですね。あれを読むと、その解説の部分で、相手の句を自分がどのように読んだか、読みの競争ということなんですね。あるいは深読み。相手の句をうんと深読みして、自分がその深読みの深いところに句を付けてみたぞという、そういう競争のところは、ずらし、かわしになっているような気がするんですね。

　そこでは、なぜこういう句を付けたかというし解説が非常に面白いんですが、それは、今お話しになったような連歌の法則の中にはとても入れられないような付け方がされているわけで、そうかと言って、では、それは俳諧連歌かと言うと、その部分もあるようで、ない部分もある。

　それで昨日、島津先生に伺ったらば、大岡さんは「それは文士連歌である」と答えた、と言うんですね。

　私も、外国旅行などしまして、アフリカを回った最後の夜なんかには連歌をやる。あるいは、シルクロードを回って最後の夜には連歌をやる。そうすると、そこには季節も何もありませんので、今までの旅の印象とか体験とか、そういったものを、各々が、ほぼ歌仙《かせん》の連句の方式に準じてかなり自由に作っているわけなんです。

　ちなみに、その夜には五、六時間もかかって、夜中になることもあるのですけれども、非常に一座和気藹々《わきあいあい》になる。馥郁《ふくいく》とした喜びが湧いてくるのですね。いかにもこれは座の文芸だなあ、という感動があります。言ってみれば自由連歌、女ばかりでやっているから「女房連歌」と言ってもいいんですけれども、そういう俳諧的な連歌、連歌と俳諧連句の中間みたいなものになっているんでしょうかね。今、光田さんがおっしゃったことに力を得て言えば、俳諧と和解しなければならないという、そういうあたりは案外うまくいってるのかなあ、という感じがするんです。

　それで、連歌の衰えたことの理由の一つとして、式目の難しさがその衰退につながってきたというお話がありましたけれども、確かにそういうことは短歌にも言えることであって、短歌が非常に固定化して、面白くなくなってきたのを、戦後、もういっぺん復興しなければならない時に、ちょうど外部の目から『第二芸術論』というのが出ました。ひとことで言ってしまえば、短歌は鉢植の草花の美しさはあるが、しょせん鉢には根の大きい木は植えられない。例えば、ヨーロッパの詩はいわば多彩な表現方法の茂る木のようなものだから、短歌が植木鉢のような様式に固執すれば、現代の文学として、現代を表現するものにはなりえない、ということです。

馬場あき子氏

　そういう中で、昭和三十年代の短歌の前衛運動というのも起きてきて、表現、叙情ということの他に、イメージの力をかりた象徴表現や暗喩をもっと取り入れていく、しかも短歌の様式を壊さないでそれをするという方向が生まれました。塚本邦雄さんなんかは、そういうことを追求して独自の作法を築いていますし、方法への自覚をうながしてこられました。しかしまた、その後の短歌の世界は、口語の魅力が入り込んできまして、口語体と文語体を一首の中で出会わせる、そういう不思議な魅力が生まれてきていまして、島津先生に叱られるかも知れないのですが、私も文語と口語の出会いを楽しむ短歌というものを随分作っております。

　そういう私の歌を通して、島津先生が解説をして下さったりしていらっしゃるわけなんですけれど、もう一つ、今日入賞された人の連歌を見ておりますと、中学生の、幼い方であるのに、随分クラシックな付け合わせをしていらっしゃるのに瞠目《どうもく》したわけなんです。しかし、考えてみると、私が短歌を作ったのが小学校の六年生の頃からで、その頃から女学校の二、三年生くらいまでの歌を反省してみますと、実にクラシックな文体にすがって歌をずっと続けてきた私がありました。そういう私と似たものを、今日、中学生・高校生の付句の世界に見て、びっくりしたのです。こういう方が、これからどういう言葉を、成人するに従って選んでいかれるだろうか、ということなんですね。

それで、守るということの強さ――多分私が今なお短歌を作っていられるのは、そんなふうに非常に古い短歌の世界から生まれてきて、前衛短歌の洗礼を受け、そしてまた、その後の口語短歌の洗礼を受け、そういうものの中から、自分の好む短歌様式の中に、また短歌の韻律の中に、それらをすっと入れてきたから、今までやってこられたのかなあ、と思うのですけれども。

これからの連歌というものが、今より発展してゆく、そしてもっと社会的な市民権を得るというような時代を迎えるとすれば、やはり今、光田さんがおっしゃったように、結論が同じなので、先に言われてしまって困るのですけれども、やはり現在の俳諧的なものとの、ある程度の和解というのが必要なのだろう、それをどうするかということは、これはまあ、両角先生や島津先生がどうにかご指導して下さるだろうと思いますので、私は、無責任にそういうことを申し上げておきたいと思うのです。

連歌との出会い

私が、連歌と出会っていたのはどういう世界だったかと言うと、古典の中でたくさんの連歌に出会っているのです。それはもう、清少納言の連歌もあり、色々あるわけですけれども、何より和歌説話の中に連歌がたくさん出てきています。どういう場面なのかと言うと、源俊頼《としより》という人が『俊頼髄脳《ずいのう》』というのを書いているのですけれど、こういうのを見ましても、その頃大変連歌が盛んであって、六歳の童子までもが日常的な口ずさみの中に連歌的表現ができた。

例えば、藤原基俊《もととし》という歌人がその辺を歩いていると、「やしろどう」というお宮にぶつかる。やしろでお堂が付いていて、仏教と神様が一緒になっているので「やしろどう」と言うのは不思議だなあと面白がり、「この堂は神か仏かおぼつかな」と口ずさみのように言いますと、木の上に登っていた六歳の童子が「法師みこにぞ問ふべかりける」と答えた。昔は、坊さんであって神子《みこ》でもある、という人がいたんですね。基俊は非常にびっくりしたわけなんですけれども、「やしろどう」は神様のものなのか、仏様のものなのかと言ったら、「あとで法師みこに聞いてみるがいい」というようなことを六歳の童子が返事をする。しかもそれは連歌になっていたというのですね。

それからもっと古く、源重之《しげゆき》という歌人がいます。『百人一首』にも歌が出ていますが、その人が、河内の国のある所に来まして、お酒を飲むついでに、目の前に山がある、「あの山の名はなんだ」と聞きますと、これこそは名高い生駒山だと答える。ちょうどその時、雪がまだらに積もっていたんですね。そこで、「雪降れば葦毛に見ゆる生駒山」。生駒山だから、駒ですね。それで生駒山なんだけれども、雪が降っているから、葦毛になって、白いのが混じって見えるよ、と言いかけましたところ、主人は、なんとか七七を付けなければならないが、なかなか付けられない。

そうすると、ずっと下座《しもざ》に坐っていた名もない侍が、えへん、えへんと咳払いをして、自分はできた、できたと合図をしたけれども、主人は癪に障って、お前は引っ込んでいろという態度をとったので、黙っていた。ところが、源重之が、あの男が何か付けたらしいから詠ませてやってくれと言うので、それでは言ってみろと言うと、重之の「雪降れば葦毛にみゆる生駒山」に対して、「いつ夏陰にならんとすらん」と付けた。「陰」は「鹿毛《かげ》」で、馬の毛の色ですね。それで皆、舌をまいてこの付句を褒めたということがあります。

こういう平安時代から鎌倉時代にかけての連歌というのは、大体、正式の和歌の、まじめな風雅の世界を少しはずれたおかしみ、つまり和歌があわれの世界を中心にしていたとすれば、もう少しくだけた座興として、おかし、おかしみの世界を演出したような感じがいたします。

例えば、『俊頼髄脳』に出てくる連歌は、ほとんどおかしみの連歌であったので、連歌と言えばおかしみということが、ほぼ定着していたと思われますね。そこに、先程の二条良基のような、非常に高雅な、能の観阿弥・世阿弥のパトロンですが、この方が出てきて、能の世界に和歌の高雅・優美な言葉を導入することを求めたのですね。良基は、幼い日の世阿弥の美少年ぶりにすっかり参って、もう自分の老いたる心は、ほけほけとするくらいだとまで言い、ぼーっとするくらい世阿弥にほれ込んだのですが、同時に、この世阿弥を文学的に教育する責任を感じている。そして、良基と世阿弥は連歌をやる。

そういう中で、世阿弥は色々と教育される。多分良基の手元にある『万葉集』にまで目を通したのだろうと思われる節が、世阿弥の作詞のものには言葉として現れる。先程のお話に出ましたように、その頃から紹巴が出るまでが、多分連歌の全盛期だったと思うのですが、その全盛期の連歌は、上品な連歌、ちょうど行橋の方々が式目を守りながら連歌を新しくしていく、そして日本語の美しさをといでいく、そういう伝統を持っていた。

狂言の中の連歌

しかしまた、室町時代は内乱がずっと続いていた時代で、文学は衰えに衰えていた時代ですけれども、庶民にとっては、和歌が詠めるということが文化を手に入れたことであり、連歌ができるということが文化を手に入れたことの証であったために、ことに庶民的な狂言の世界では連歌を扱った狂言が割合に多いのです。

そして、「連歌毘沙門」とか、「八句連歌」とか、「連歌盗人」とか、「富士松」とか、そういう連歌の狂言がたくさん作られています。戦後は、ほとんど耳から聞いて面白くないので、潰れていたんですけれども、なぜか不思議にも、ここ数年ぐらい連歌狂言が興隆を始めたんです。それには、遠い遠い行橋からのアピールがあったのかも知れないと思われるわけなのですけれども、けれどそれは、行橋の連歌とは少し違う。しかしながら、ほとんど神前の連歌です。やっぱり、お寺、神社が中心になって、能・狂言の時代には連歌が日常的に行われていたのかも知れない、と思われる証拠でもあろうかと思います。

「連歌毘沙門」では、二人の者が鞍馬に参籠して、翌朝まで連歌をやるのですね。そうすると毘沙門様が現れて、福を下さる。神様は連歌をやる者に福を下さったわけなのです。そういう能狂言がありますが、最も庶民的で、面白いと思われるのが、「八句連歌」と言って、表八句を連歌でつづる狂言がある。しかし、それは非常にくだけた、狂言の世界の庶民的な連歌です。けれど、この当時の庶民が、この連歌を聞いて笑っていた、あるいは楽しんでいたという事実があるわけで、これが私はすごいと思う。室町時代の庶民の文化度の高さ、言葉の文化の高さが、「八句連歌」によく現れていると思うのですね。

これはどういうものかと言うと、お金を貸した者とお金を借りた者とが連歌をするのです。金貸しの家に呼びつけられたお金を借りた者が、連歌で勝負をしようじゃないかということで、その頃から客は発句、亭主は脇句と決まっていたらしくて、お金を借りた貧乏人が客になって発句をやると、金貸しが脇句を付ける。そして表八句を並べるのですが、これを耳で聞いて当時の庶民が面白がった。行橋の連歌の連衆の皆さんには、読むだけで勘弁してもらっても大丈夫だと思うので、ゆっくり読んでいきます。

「花ざかりご免あれかし松の風」というのがこの借り手の発句です。「花ざかり」、ちょうどこれは季節で、季語が入っている。「ご免あれかし」というところで、扇子を叩いて「ご免あれかし」、つまりご免なさい。「松の風」、もうちょっと待って下さいと言うんですね。そうすると金貸しは、「桜になせや雨の浮雲」。「なせ」は済す、返済するということです。早く桜が咲く頃までに返済をしてくれ、今や雨の浮雲が出ているではないか。早くしてくれないと、雨になってしまう、と言う。すると借り手が、「いくたびもかすみにわびむ月の春」。いや、私は幾度もお詫びをしているではありませんか、おぼろの月の夜につけても、と言うと、貸し手が「恋責めかくる入相の鐘」。「こい」というのは、恋と乞う、物を乞う、早く返してくれという「乞う」と懸詞になっている。一所懸命、返せ返せと責めかけている。入相の鐘、もう夕暮れが迫っているぞ。

で、結論的に言いますと、あまりにも連歌がうまくいったので、金貸しが感心してしまう。そして最後には「あまり慕えば文をこそやれ」。恋の句の続きで、あまりお前が証文を慕って欲しがっているから、この証文を返してやろうと言って、借り証文を返してくれるんですね。金貸しも豪勢な人なんですけれども、証文を返してくれた。これも天神のご受納があったからだと言って、連歌の神様である天神様に感謝をして、いよいよ連歌をやろうということになっているわけなんです。

それから「連歌盗人」も同じようなお話であるわけなんですけれども、これも、どこが面白いかと言うと、この時代は貧乏人もお金持ちもなく、町内の連歌好きが講を結んでいた。集団を結んでいて、若い衆も年寄りも連歌の初心講を結んでいて、順番に頭《とう》が当たってくるわけなのです。そうすると、頭に当たった貧乏人二人はお金がなくて、道具が揃わないので困ってしまうのですね。それでこの二人が、町の有徳人《うとく》の所に夜中に忍び込んで道具を借りてきて、連歌が終わってから、返しに行こうというのです。

盗みに忍び入ると、床の間に懐紙が掛かっていて、「水に似て月の上なる木の葉かな」とある。突然、この貧乏連歌師は、この立派なお屋敷で立派なお道具に囲まれて豪勢な連歌がしたくなって、連歌を始めてしまったのです。そこで、だんだん声も大きくなり、亭主が目を覚ましてきて、亭主も加わって連歌をしてしまう。そして夜が明けて、やがてその盗みの首謀者である連歌師が「覚むべき夢ぞゆるせ鐘の音」と言って、暁の鐘とともにお詫びをすると、それに続いて、感心した亭主から褒美に太刀、刀をもらって帰ってゆく。また三人で天神のご受納だという。有徳人の亭主は、これからお前たちは身分の差を忘れて私の連歌の相手に時々遊びにやってきてくれ、などと言う。大変うまいことになるわけです。

庶民の言葉が洗練されていた時代

時間がないので、あと一つだけ、どうしてもやっておきたいことがあるのですが、それは、「富士松」という狂言があるのですが、これは、太郎冠者が内緒で富士山に富士詣でをしたのが、主人にばれてしまって、主人が太郎冠者の家にやって来て、お前は富士山に行ってきて、すごい松をみやげに持ってきたようだが、その松を私によこせ、と言うわけです。よこさないので、それではお前は私と連歌をやって、お前が句に詰まって負けたらば、その松を私によこせ、ということになり、主人も連歌に非常に自信があるのですけれども、延々と連歌を続けます。

そのうちに、もうこれは勝負がつかないから、難句付けにいたそう、と言うのです。この「難句付け」というのがあったかどうか、昨日、島津先生に聞くのを忘れたのですが、言ってみれば、めちゃくちゃな連歌をしかける。「西の海千尋の底に鹿鳴きて」と言うのですね。さあ付けろと言うので、困った太郎冠者は、「鹿の子《か》まだらに立つは白波」というのを付けます。「鹿」というのに付けて、白波が鹿のこまだらに立っていると言って、うまく逃げるのですが、次に主人が、それではもう一つ「奥山に舟こぐ音の聞こゆるは」。奥山に舟をこぐ音が聞こえる。そうすると太郎冠者が、「四方の木の実やうみわたるらむ」と言う。「うむ」というのは「熟れる」ということですね。大変うまく付いている。

この間、『俊頼髄脳』を見ていましたら、これが出てくるのです。ということは、この当時の狂言師は『俊頼髄脳』を読んでいた。嘘、と思うでしょうが、本当なんですね。こういう歌学書も読んでいたということです。そしてこれは、『俊頼髄脳』によりますと、初めの「奥山に」の句は、凡河内《おおしこうちの》躬恒《みつね》の作なのです。「四方の木の実」の句は紀貫之の作であって、貫之と躬恒は非常に仲が良くて、それぞれの家集を見ると、非常にたくさんの贈答歌が出ています。

もっと面白いのは、いつも男っぽい歌を作るのが躬恒の方で、女っぽい歌を付けているのが貫之だという、なんだか不思議な関係があるんですね。彦星になるのが躬恒で、織姫になるのが貫之というところがあります。

こういう仲の良い二人が、山に散策に行って、そして山の中できこりが木を切っている音を聞いたので、舟を漕ぐ音がする、と躬恒は言ったのであろう。これはごく普通の言葉かも知れませんが、貫之の方は凝っている。奥山に舟を漕ぐ音がするというのは変なのですが、「四方の木の実やうみわたるらん」。現場感とすれば、こういう現場感があってもおかしくない。そこで、四方の木の実が熟れに熟れている。それを、海を渡ると懸けて付けたので、二人であははと笑って仲良く山を下りた、という場面が考えられるわけです。

ですから、こういうことを考えますと、連歌というのは、こんな上品な笑いから始まっている。狂言の世界にいきますとかなり下世話な金貸しと金借りの責め合いも、表面的には非常に優雅に聞こえるというわけなんです。こういう優雅な言葉で貸し借りをやっていた。「花ざかりご免あれかし松の風」。今聞いたって何だか風流な言葉だなあと思う。「ご免あれかし」というところがお詫びだったとか、色々と面白いわけですね。「桜になせや雨の浮雲」。全然金貸しと借り手の問答とは思えないのです。

そういう非常に優美な言葉の中に実質的な金

の貸し借りの言葉があったりしたということを考えると、やっぱり能狂言の時代、もう少し広げると、『閑吟集』の時代というのは、日本の言葉、庶民の言葉が、最も洗練された時代であったのではないか、と思われるわけなのです。

遊女や一般の人が酒を飲んだ座興の言葉が、あの『閑吟集』の歌であったことを考えると、実に不思議なことがいっぱいあるわけなんですね。どうしてあんなに美しい口語と文語の混ざった言葉で『閑吟集』はできているのか。それを庶民が歌っていた。例えば、「卒塔婆小町」の道行の謡なんかは、『閑吟集』に入っていて、歌曲として皆で歌っていた歌なんですね。

それから考えると、ずっと日本の言葉は衰えてきた。現代の言葉ぐらい衰えている言葉はないだろうと思うんですけれども、そういう中で行橋に連歌の伝統が六百年も続いているというのは驚くべきことであり、今私は、非常に感動していますので、東京に帰りましたら、こういうことをもう少し考えなければいけないと思うと同時に、中学生・高校生が、ああいう言葉から入ってどういうところへ抜けていくのか、一生あの世界で過ごすわけにもいかなくなるだろう、と。

もっともっと社会は変化していきますから、社会的なもの、風俗的なもの、先の狂言の世界の諧謔的連歌のようなものはなかなか入れられなくなっている。もっとも、去年、「時は今天が下知る五月かな」というのに付句を付けて出されたということを聞いて、びっくりしたのですけれども、そういう試みをもっとやってみるといいだろうということを感じます。

様式を守っていくというようなことは、短歌の世界でも常に考えられていることですけれども、同時に新しくする力も必要で、連歌がもう一つ脱皮してゆく場面がもしかしたら来るかも知れない、その時の用意のために、行橋が中心になって連歌の今後というものを考えて下さい。そういう約束事も合わせて考えて下さると、すごくいいなという気がいたしております。

どうもありがとうございました。

＊

島津　ありがとうございました。通常のシンポジウムでしたら、これから講師の話をもう一度手短に聞いた上で、質疑応答に移るということになるわけですけれども、もうその時間がございません。

講師のお話は、まず最初に、両角さんから、ここ十年ばかり、あるいはもう少し前からの現代連歌の展開を細かくご指摘いただきました。それから、光田さんの方からは、非常に面倒な式目、実はそれには原理があるのだということを解説していただき、そしてさらに今後、その式目とどう付き合って、連歌の式目を生かしていくか、つまり俳諧的なものとどのように溶け合って連歌を作っていくかというご意見だったと思います。最後に、馬場さんからは、第二芸術論、前衛短歌といったものから話を始められまして、一つの様式の中に新しさを加えてきたのだ、と。連歌においても、『俊頼髄脳』あるいは狂言の連歌というものを踏まえて、やはり連歌の本来持っていたおかしみを忘れてはいけないのではないか、そしてさらにその室町時代という時代が、『閑吟集』のような、言葉のセンスがあり洗練された時代であって、それが現代では、言葉のセンスが衰えているが、これを連歌というものでどのように再生していくべきか、というお話であったと思います。

質疑応答

島津　もう三十分程しか時間がありませんけれども、当初から、このシンポジウムでは会場からの意見を伺いたいという高辻宮司のご意向がありましたので、皆さん方から質問をしていただきたいと思います。質問される方は、ご面倒かと思いますが、所属とお名前、どの講師に質問したいかをおっしゃって下さい。

鶴崎裕雄　大阪の鶴崎でございます。島津先生に連歌の付合についてお聞きしたいのですが。

島津　俳諧と連歌の違いが問題になる場合、我々のやっている連歌は、山田孝雄さんの教えを受けられた浜千代清さんを中心とした連歌を踏襲しているわけですけれども、その場合に、いわゆる正風《しょうふう》の俳諧のような、移りとか前句《まえく》とどう付いているのかを読者に「どうぞお考え下さい」というようなものではなくて、やはり前句に付句をきちんと付けるというところで、俳諧とは異なる連歌のあり方を踏襲してきたように思うのですけれども。

鶴崎　馬場先生のお話の中で、連句は前句を深読みして付けていくというところが案外、連歌と連句との違いではないかと思ったのですが。

馬場　一般的にさーっと読んでも分からないような、ちょっと深読みを楽しむ付け方を大岡さんとか丸谷さんたちがしていらっしゃいまして、解説を読むと面白い、というちょっと困ったところもあります。つまり、読みの深さを競争している。そしてまた、深読みの深いところに自分がどう付けたという、相手に対する挑発力みたいなものを楽しんでいらっしゃるようで。それを自分たちでは「文士連歌」と、いわゆる連歌からははずれているかも知れないけれど、これも今日の連歌の一つとして、大目に見てね、ということだろうと思いますね。

林　茂達　平野図書館連歌の林茂達《しげたつ》です。光田先生にお尋ねいたします。句去《くさり》に『古事記』の三・五・七があり、句材が八幡太郎義家などという八に分割されているのは、連歌に道教（TAOISM）の影響があるからでしょうか。

光田　ないはずはないですね。生成する自然のイメージは老子によく出てきますし、道教とは少し別ですが、易というのは二と三の組み合わせですね。陰陽が三つ合わさって、それがさらに二つ合わさって卦《け》になるわけですから。中国的な考えでは、二と三の組み合わせで世界ができているという感覚が深くあって、また、天然界の素材の数である八つが、道教の八方盤みたいなことを反映しているということもありうると思います。中国的な考え方と日本的な考え方が合わさってできているわけで、そのあたりは、影響がないはずはない、というのがお答えです。

井上由希子　今井連歌の井上と申します。光田先生にお伺いしたいのです。漢語についてですが、例えば、釈教とかを詠み入れる場合には漢語がかなりあると思うのですが、その取り扱いについて、大和言葉とどういう関係を保って詠めばよろしいのでしょうか。

光田　抽象論でなくて、具体的なその時の状況にもよると思います。こういう漢語を使いたいとお考えでしたら、宗匠にご相談なさるのが一番いいのだと思います。抽象的な一般論ではそれはできないと思います。どうしてもこの言葉に依らないと伝えられないという仏教的な漢語でしたら、それは宗匠に訴えなさればよろしいわけで、宗匠がそれはやむ得ないだろうと思ったらお許しになると思います。最大限、大和言葉に読みやわらげるという努力はなさって下さい。
僧《そう》というのはもちろん日本語ではないわけです。漢語ですし、もともとはサンガというサンスクリット、外来語ですが、連歌では僧を「桑《くわの》門《かど》」と書いて「世捨て人」と読んだり、表記の工夫は大和言葉でしているわけです。外来の宗教である仏教は極力日本化していったわけで、そういうところに払われた先達の苦心というものは勉強して受容して下さい。それでも詠みきれないものは、宗匠に相談して下さい。宗匠の判断を仰ぐということでよろしいのではないかと思います。

森友敦子　今井連歌に所属しております森友敦子と申します。光田先生は、連歌の規則は宇宙の真理に適《かな》っているとおっしゃいますが、私には規則が複雑で、その規則に束縛されるように思われます。外来語もどんどん入ってきました。連歌は、現代性と日本の良さとを持ち合わせたもっと自由なものになれないものかと思っております。そこを光田先生、馬場先生にお聞きしたいのです。

光田　もちろん色々な言葉を使って、色々な心を表現した方がいいに越したことはないというのは、一つの意見です。ただ連歌は、一巻の出来で評価される面もあるので、発句、脇、第三に始まる表八句ぐらいから早々と火花を散らしてもらっても、ちょっと困る。また、名残《なごり》の裏まで執着を持ってねばっていただいても困るわけで。やはり「出だしと初めは安らかに」という連歌が、良い連歌になるための一つの条件だと思います。ただ懐紙《かいし》の中ほど、世吉《よよし》でありますと、初折裏、名残の表は火花を散らして色々な句を詠んでいく、ということでよろしいのではないでしょうか。

連歌の規則は、先程申し上げたように、ちゃんと整理すれば、とても簡潔で秩序だって美しいものです。歴史を振り返れば、ただ整理することができなかった人々が規則を複雑にしたのです。その部分はとりあえず、やめにしていいでしょう。

シンポジウム風景

私は連歌が重いものとは少しも思っていません。むしろ、現代連句はなんて重いのだろうと思います。それは、みんなが自己主張をして相手の言うことを包み込もうという意識がほとんど見られないからです。一人の人の孤独が一句ごとに立っている。それは本当に重いのです。連歌というのは相手の、前の人の言ったことを包み込んで、すっと別の世界を見せるという、そういう仕組みですから、お互いが気持ちの合った連歌を作った場合、それは決して重いものではなくて、帰り道は足取りが軽くなるようなものになるはずです。

そういう方向を目指して皆さん努力していらっしゃるのだろうと思います。現実にもしそうなっていないのなら、どうしてだろうね、と一度考えていただくことは意味のあることだと思います。

島津　先程の方に対する光田先生のお答えも、宗匠に任せるということが主だったと思うのですけれども、もちろん現代の言葉を自由に発言すれば漢語や片仮名がふっと出てくる人が多いと思います。しかし、そういうことが私は現在の日本語を寂しくしていると思うのです。できるだけ雅言葉《みやび》で現代をどこまで表現できるかということを努力してみて、どうしようもないものについては漢語、または片カナの言語を使うこともやむを得ないと思うんですけれども。連句でなくて連歌をやるという場合において、どこまで和語で社会的・現代的なものを詠みうるか、というぎりぎりの線の挑戦だと思うんです。

先程、両角さんが言われた、ここ十何年、二十年ばかりの間に連句ではない連歌が定着してきた中での発言なんですけれども、これから先、安易に砕けてしまうのではなくて、日本語そのものを見つめ直す機会になればいいのではないかと、私自身は思っております。これは各宗匠それぞれの限界で、ある人は、これくらいのところはどんどん認めていこうとか、あるいはやはりこれはこういう言い方もあるじゃないか、その方が連歌にはふさわしいのではないかとか、そういうことが、結局、連歌というものが宗匠と執筆《しゅひつ》によって進行していく一つの芸術であるということになると考えているわけです。この考えに対して、馬場さんから何かご意見がありますか。

馬場　私は素人ですから、行橋の方々のような苦しみを内攻しながらの連歌をあんまりやったことがないんですね。私が行橋に参加して、島津先生の監督のもと連歌をやるとどうなるかな、と非常に不安なわけですけれども、私たちは「女房連歌」と言ったり……つまり歌人の遊戯が入ってますね。旅に行った先で、言葉の親睦会みたいな形で連歌をしてますから、どうしても楽しいものになる。物語をみんなで作っていこう、例えば十日間旅した物語をみんなで作っていこう、という連歌になりやすいわけです。あるいは、旅をしなくても、今日ここで集まって、第三句あたりからとんでもない物語に発展するぞという意欲をみんな持つ。その時、発想の飛躍を考えるわけで。

例えば、「ランドセルまだ新しき一年生」という句が出てきた時、「ランドセル」を「背嚢《はいのう》」と言うと、明治の小学生になってしまうからだめなわけですよね。それから「キッチンに桔梗立てられ朝涼し」は、「キッチン」は「厨辺《くりやべ》」と言っても大丈夫なわけですから、「厨辺に桔梗立てられ朝涼し」とかですね。また、「声潤へる隣家の猫」に対して、「天平《てんぴょう》の女《おみな》となりて君に会ふ」なども付くわけですね。でも、その次に、「ピアス眉間《みけん》に光らせる人」などが出てきます。ピアスを詠んじゃいけないかと言うと、ピアスは、現代の風俗の斬新性を出すためには「天平の女となりて君に会ふ」のだけれども、相手はピアスをしているよ、ということが言いたい。「海に来て二人だまつてラムネ飲む」というのも、ラムネは片カナだからだめ、コーヒーもだめ、何がいいだろうと言うと……何を飲んだらいいんでしょうね。こういう時は。ああ、困っちゃった。「二人黙つて……氷水飲む」とか、つまらなくなる。

古典とか伝統を守ると言っても、ラムネというと、もう百年以上も日本の言語になっている。天麩羅もコンペイ糖も、日本語にして使っていくしかない食べ物ってありますよね。そういうのはしようがないんじゃないかな、という気持ちもしますけれどもね。

しかしこれは我々が言うことであって、どこかに伝統を守っている人たちがいるから安心してやれることなのかも知れない。我々がわがままをして、連歌の世界を大衆的に普及させていく尖兵《せんぺい》であるとすれば、時代の要求として、そういう連歌を楽しくやる新しい波があってもいい。どこかに基本をしっかり守っている、こここそ型の原点だよ、という所があればいいのではないでしょうか。

林　両角先生に質問です。漢詩で対句がありますが、連歌の発展過程で対句の影響はありませんか。

両角　先程挙げた「測るすべなき少年の闇」という句は老人を詠んだ前句（「老いてこそものの心と通ふなれ」）に付けており、対照的な付けは、展開の上では面白いと思います。ただそれが漢詩の対句から来ているかと言うと、色々な例がございますので、『奥の細道』とか散文の方でははっきりと出てきますけれど、連歌の方では前の句に添ってゆく場合もあるし、ぐっと違えてくる場合もあるし、変幻自在と言いますか、同じような一つのものに影響を受けたということはないように思いますけれども、いかがでしょうか。

島津　時間が押しておりまして、最後の質問となります。

小村典央　大阪教育大学付属平野中学校の小村と申します。光田先生にお伺いしたいのですが、資料の表ですが、不勉強なもので読み方などが分からないので、解説していただきたいのですが。

光田　今日、時間がなくてお話ししなかったことがこれなんですが、連歌というのは三回変わったんですね。三回進化して、現代の私たちは「去嫌《さりきらい》連歌」というものをやっているわけです。初期は短連歌ですね。それから長連歌になるんですが、長連歌の前半は「賦物《ふしもの》連歌」なんです。これは原理が全く違います。それが進化して、いつかははっきり分からないんですが、まあ一二五〇年、十三世紀の半ば頃には去嫌連歌に移行し始めます。

去嫌連歌がなぜできたのか。その大問題はまだ連歌研究者の課題で、分かってないんです。

基本的には、賦物連歌で登場した色々な素材のグループ分けというものが基本にございます。草木連歌とか、魚鳥連歌とか、要するに自然界のものを、草の名前は草の名前で百以上集め、木の名前は木の名前だけで百以上集めて、それを一句の中に必ず一つ、隠して詠み込んでいくという、そういうものが賦物連歌ですね。

　ですから、賦物連歌何百年かの活動によって、世の中のものはあらかたグループ分けされてしまうんです。一つか二つのグループに属する語彙を、一句一句もれなく詠んでいくのが賦物連歌なら、逆にできるだけ多くのグループから語彙を拾って、間隔をあけて使おうというのが去嫌連歌です。逆発想になったのです。

　これはもう革命的な変化で、それまでの賦物連歌は、つづまるところは難題解決型の面白さの連歌だったのが、調和とハーモニーの連歌に変わっていく、本当に大きな変化なんです。ある時ふと、要するにこれは将棋の駒の原理だ、ということに私は気付いたんです。

　お手元の資料の「連歌駒模式図」（101ページ）をご覧下さい。「1　光物」から「28　冬」まで、連歌の素材（部立）二十八種が将棋の駒に見立ててあります。先程の二十一から、さらに数が増えているのは、「時分」、「動物」、「植物」の下位分類を表に出し、「本歌本説」を加えたためです。

　例えば、「2　夜」を見て下さい。上向きの白矢印が句数です。⇧⇧と二個ですね。この駒は二手連続で指せることを示します。連歌では、どんな「駒」も最低でも二手連続で指せますから、この規定は当然なのですが。下が句去で、●●●○○と並んでいます。「夜」は「朝」、「夕」と並んで「時分」の下位分類ですから、三句見送れば「朝」、「夕」の駒が指せる。それが●●●。同じ「夜」の駒はさらに二句見送らなければ指せません。それを○○で示してあります。もう一つ、「25 春」を見て下さい。⇧の数は五個。ということは、五手連続で指せるということですね。連歌ですから、相手と自分を合わせて五手です。この駒を指し終わったらどうでしょう。●の数は七個ですから、七手見送ることになります。

　このように「1 光物」から「28 冬」まで、この駒が個性的な違う動き方をするので、その違う動きのものを組み合わせて、この「去嫌連歌」というゲームは進んでいくのです。

　これはだから、将棋の思想なんですよ。誰か将棋をやっていた連中が、賦物連歌の素材の一つ一つを将棋の駒に見立てて、異なる動きをそれぞれに与えたら、新しいゲームになるということに気付いたんです。いつ、どこで、それは起こったのか。一〇五八年に興福寺駒《こうふくじごま》というものがあったということが発掘で分かりまして、興福寺ですでに十一世紀に、現在と同じタイプの将棋がされていたということが分かったんです。

　これについては木村義徳さんの「駒型と持駒使用」という論文（『日本文化としての将棋』〔三元社、二〇〇二年〕所収）に教えていただきましたので、木村さんのお考えに沿って述べます。興福寺駒は駒の先が尖った船形になっているのです。持駒再使用だと先が尖るんです。くるっと向きを変えたら、相手の駒になりますから。円形や四角形の駒で、ただ色を塗り分けて敵味方の区別をしていると、取った駒を自分の駒として使えません。先が尖っているということは、誰の駒かということを区別するためなんですね。現代でもそうですね。それから裏に全部「金」という字が書いてある。これは、成ったら「金」になるんですが、歩兵の「金」と銀の裏の「金」では字体が違ってますね。裏伏せて成っている金を見たら、その表が銀将なのか歩兵なのかということが分かるように、違う書体で崩してあるわけです。このように、現代と同じ持駒再使用の将棋が、すでに興福寺で一〇五八年に行われているということが分かったんです。

これは大変な発見だったんです。それまでは持駒再使用の将棋は江戸時代の初期ぐらいに始まったと思われていたわけですが、とんでもないことだったんですね。それではなぜ興福寺かと言うと、あそこには僧兵がいました。奈良法師です。三井寺の寺法師、比叡山の山法師、そして、ここの奈良法師と言いますが、興福寺にはたくさんの僧兵がいました。お坊さんですから、紙と墨と筆を持っています。木簡や経木《きょうぎ》を使って将棋の駒を作っているんです。ぺらぺらの安手の駒ですから、これは僧兵です。身分ある人の製作ではない。失敗作を捨てたんですね。それが出土した。僧兵というのは戦争がない時は暇です。それから、戦争が始まっても籠城戦・持久戦で待機している時は暇です。そういう時は将棋をやっているんですね。同時に連歌もやっています。

そういう連中が、そうか、この将棋の駒の原理を、ややこしい賦物連歌に持ち込んだら新しい面白いゲームができる、と気が付いたんだと思います。それがたくさんの僧兵の間に瞬く間に広がって、そして各地に伝播していった。これは今後、資料が出てくれば補強できるんですが、今のところ全く私の推測です。去嫌連歌は奈良法師の間で将棋にヒントを得て誕生したということですね。去嫌連歌は調和とハーモニーの連歌として、多分、僧兵たちの思惑を遙かに越えて大発展しました。宗祇や芭蕉の文学はもちろんのこと、世阿弥が大成した能楽や、珠光《じゅこう》から利休へと流れる侘茶《わびちゃ》は、みな将棋なくしてありえなかったのです。

　今後、私たちは今の去嫌連歌をさらに進化させる義務もあると思っています。それはどういうふうな連歌になるのかを、皆さんに考えていただければと思ってお話ししていたのです。

島津　どうもありがとうございました。まだまだ質問があるかと思いますが、時間が来てしまいました。

　今日のシンポジウムで特にどういう問題に結論が出たか、ということは簡単には言えません。ただ、それぞれの方に今日のシンポジウムのことをお考えいただきまして、明日、実際に連歌の座を持つその中で、ご自分が句を出す、あるいは宗匠がその句を採る・採らない、そういう場の中で色々とお考えいただきたいと思うのです。

　二十数年前のシンポジウムでは、討論は非常に活発ではありましたけれども、翌日の実際の座はたった一つ歌仙を巻くのがやっと、という状態であったのに対しまして、明日の会は全体で非常に多くの座ができるというところまで、しかもそれが五時間で世吉を巻くというところまで、現代連歌が進んできたことを、二十年の進歩だと考えました。

　このシンポジウムの成果は、皆さん方、心の中に収めていただいて、明日の実際の座に活用していただければと思います。

【資料①】

連歌季語要覧

室町～安土桃山時代の連歌学書、二条良基『僻連抄』の「十二月題」の項、一条兼良『連珠合璧集』の「引合」の項、紹巴『連歌至宝抄』、応其『無言抄』の「四季詞」などのいずれかに見える連歌の季語で、東明雅・丹下博之・佛渕健悟共編『連句・俳句季語辞典　十七季』（三省堂、二〇〇二年）に所収の語を並べた（倉卒《そうそつ》の編集なので、遺漏があるかも知れない）。

*印以下の語は江戸時代の俳書『毛吹草』の「連歌四季之詞」の項、または連歌辞書『産衣』に新出の季語である（『十七季』に未収の語は除く）。

新年・春

【新年】あらたまの年、初春、去年《こぞ》、若菜、県《あがた》召《めし》、卯杖、門松、若水、子の日（ねのび、ねのひ）

【三春】春、春の曙、春の夕、春の暮、春の夜、暖か、麗らか、うらら、長閑、永き日（遅き日、春の日）、朧月（朧月夜）、朧、東風、春雨、霞、かげろう、佐保姫、蛙、蝶、貌鳥《かおどり》、鳥の巣、百千鳥、囀り、鶯（鶯の初音）、雲雀、雉子（きじ、きぎす）、桜貝、椿、菫、芹（芹摘む）、若布、海松《みる》、畑打、上り梁

【初春】睦月、春立つ（立つ春、立春）、冴返る（春冴えて）、春寒し、焼野、末黒《すぐろ》、梅、下萌、草萌

【仲春】如月、残る雪、雪間、雪解、雪消、水温む、氷解く、鳥帰る、帰雁、雁の別れ、燕（つばめ、つばくらめ）、木の芽、初花、初桜、若

紫、蕨、早蕨《さわらび》、春日祭
【晩春】弥生、暮の春（暮春、春くれて）、春の名残（春の別れ）、夏近し、苗代、呼子鳥、若鮎、桜鯛、花、花盛り、桜、山桜、遅桜、柳、桃の花、梨の花、藤、躑躅、山なしの花、山吹、若緑、松の緑、松の花、若草、草の若葉、種蒔（種蒔く）、田返す（小田返す、田打）、磯菜摘、桜狩

＊【新年】初年、四方の春、人日（人の日）、去年今年、初空、薺《なずな》、仏の座、菘《すずな》、蘿蔔《すずしろ》、屠蘇、若菜摘、歯固め、暦開、小松引、初夢／【三春】鐘霞む、古巣／【初春】紅梅、畑焼／【仲春】鳥雲に入る（雲に入る鳥）、柏散る、糸桜、茅花《つばな》、麻蒔く、菊植う／【晩春】忘れ霜、桑子、八重桜、ひこばえ、馬酔木の花、ははこ（母子草）、曲《めぐり》水《みず》、青き踏む、花衣

夏

【三夏】夏、短夜（夏の夜）、明易し、涼し（夕涼み、朝涼み）、涼風、雲の峰、風薫る、夕立、夏野、清水（清水結ぶ、清水汲む）、泉、鹿《か》の子《こ》、時鳥、水鳥の巣、水鶏《くいな》、鵜、鮎、茂り、夏木立、木下闇《このしたやみ》、常夏、夏草、水草の花、簟《たかむしろ》、蚊遣火、扇、氷室、鵜飼（鵜飼火）、鵜舟（鵜川）、梁打つ、照射《ともし》、汗
【初夏】卯月、麦の秋、若葉、余花、若楓、卯の花、茨（いばら、むばら）の花、牡丹、筍、麦、薬玉、更衣
【仲夏】皐月《さつき》、梅雨、五月雨、五月闇、蛍、楝《おうち》の花、くちなしの花、花橘、青梅、紫陽花、若竹、今年竹、紅花、末摘花、葵、杜若、あやめ、藻の花、早苗（早苗取る）
【晩夏】水無月、秋近し、蟬、夕顔、百合（百合の花）、蓮（はす、はちす）、撫子、紫草《むらさき》、瓜、

祇園会（ぎおんえ、ぎおんのえ、かみのそのえ）、水無月祓（御祓《みそぎ》）、夏神楽、田草取、真菰刈る（真菰）

＊【三夏】暑し、夏虫、蚊柱、軽鳧《かる》の子、病葉《わくらば》、蔦若葉、祭（神祭）、夏籠《げごもり》、夏衣、一夜酒、青簾、氷室守、梁《やな》、晒井《さらしい》、火串《ほぐし》／【初夏】卯の花月、卯の花腐《くた》し、若葉の花、桐の花、競馬《くらべうま》、白重《しらかさね》／【仲夏】羽抜鳥／【晩夏】風待月、青田、萱草の花、忘草、麻の花、夏越《なごし》、茅《ち》の輪

秋

【三秋】秋、秋の暮、秋の夕、秋の夜、夜長（長き夜）、身にしむ（身にしむ風）、秋の日、月、有明月、星月夜、秋風、霧、露、露けし、稲妻、竜田姫、鹿、虫、蓑虫、色鳥、鵙の贄《にえ》、小鷹（小鷹狩）、鶉、鴫、落鮎、錆鮎、藻に住む虫、蔦、色草、千草、草の花、忍草、薄、尾花、葛、芭蕉、荻、案山子、鳴子、田守、小田守る、砧（擣衣）、衣打つ、鳩吹く

【初秋】初秋《はつあき》、文月、秋立つ（立秋）、残る暑さ、秋涼し、天の河、初嵐、蜩、鈴虫、松虫、螽《きり》斯《ぎりす》、機織虫、一葉落つ（一葉散る、桐の落葉）、萩、朝顔（槿）、露草（月草）、藤袴、女郎花、七夕、星合、星祭、願いの糸、御射山祭《みさやままつり》、盂蘭盆（うらぼん、うらんぼん）、魂祭《たままつり》、扇置く、相撲

【仲秋】葉月、冷やか、三日月、野分、初潮（初塩）、小鳥（小鳥渡る、小鳥来る）、燕帰る、初紅葉、桜紅葉、柳散る、刈萱、思草、葦の穂、綿、早稲（わせ田）、駒迎え

【晩秋】長月、秋寒、漸寒《ややさむ》、肌寒、夜寒、冷《すさ》まじ（すさまし）、行く秋、秋の別れ、冬近し、秋時雨、露時雨、露霜、野山の色（野山色付）、雁（初雁）、紅葉、紅葉かつ散る、楓、楸《ひさぎ》、柞《ははそ》、榎の実、栗、菊、翁草、残菊、末枯《うらがれ》（末枯の野

山）、薄散る、晩稲（おくて、おしね）、重陽（重陽宴）、萱刈る、崩れ梁《やな》

＊【三秋】花野、いぼむしり（いぼじり）、鵙、鰍、下り梁／【初秋】秋浅し、轡虫、鷹の塒出《とやで》、水懸草、梶の葉／【仲秋】薄紅葉、紫苑（しおに、しおん）、蘭（らに、らん）、竜胆（りうたん、りんどう）、かつみの花（花かつみ）、司召《つかさめし》／【晩秋】菊月、朝寒、秋深し、露寒、野山の錦、櫓田《ひつじだ》、櫓《ひつじ》、木の実、檀《まゆみ》、椎の実、まさきのかずら、落栗、吾亦紅《われもこう》、葦の穂絮《ほわた》、小田刈る、網代打、茸狩

冬

【三冬】冬の夜（寒夜）、寒し、月冴ゆ、霰、霙、霜（初霜）、枯野、水鳥、鴨、鳰《にお》、おし（鴛鴦《おしどり》）、千鳥、氷魚《ひお》、落葉、木の葉（木の葉散る）、朽葉、冬枯、霜枯、草枯（枯るる草）、綿、冬籠り、衾《ふすま》、埋火《うずみび》、榾（ほた、ほだ）、鷹狩、網代（網代木）、網代守、柴漬《ふしづけ》

【初冬】初冬、神無月、冬来たる、小春、凩、時雨、紅葉散る

【仲冬】師走、年の暮（歳暮）、初雪、衣配《きぬくばり》、神楽、里神楽

【晩冬】春近し、春隣、春を待つ、年内立春（年の内に立つ春）、雪（はだれ雪、淡雪）、吹雪、氷、氷柱、垂氷《たるひ》、早梅、追儺《ついな》、鬼やらい

＊【三冬】朽野《くだらの》、凍蝶《いてちょう》、浮寝鳥、都鳥、狩／【初冬】冬立つ、初時雨、冬構《ふゆがまえ》／【仲冬】行く年、古暦、年木樵（としきこり、としきこる）／【晩冬】氷面鏡《ひもかがみ》

【資料②】連歌式目

1 部立　素材分類

天然界

天

- **光物**
  - 日 月 星
- **時分**
  - Ⅰ 夜 闇 夢 枕 床
  - Ⅱ 朝 曙 東雲
  - Ⅲ 夕 暮 黄昏

媒

- **聳物**
  - 霞 霧 雲 煙 陽炎
  - 虹
- **降物**
  - 雨 露 霜 雪 霰 霙
  - 雹

地

- **山類**
  - A 山 麓 峯 谷 洞
  - 尾上 岨 島 坂 岡
  - B 炭竈 桟 畑 滝
- **水辺**
  - A 海 磯 津 沢 島
  - 浦 沖 川 岸 堤
  - B 水 波 氷 汐

飾

- **動物**
  - Ⅰ 獣 鹿 牛 馬 犬
  - Ⅱ 鳥 鶯 時鳥 雁
  - Ⅲ 虫 蛍 蝙蝠 蝸牛
- **植物**
  - Ⅰ 木 松 桜 花 梅
  - Ⅱ 草 萩 菊 芍薬
  - Ⅲ 竹 笹 篠 すず

- **人倫**
  - 我 汝 君 人
  - 身 友 父 母
  - 主 誰 彼 某
  - 関守

人間界

天

- **神祇**
  - 社 宮 玉垣 神子
  - 小忌衣 放生
- **釈教**
  - 寺 御法 法師 僧
  - 尼 出家 心の月

媒

- **恋**
  - 縁 契 後朝 又寝
  - 私語 睦語 妹背
  - 兼語 生憎 添寝 辛き
  - 独居 玉章 乱髪 仇人
- **述懐**
  - Ⅰ 述懐 世 親子 命
  - Ⅱ 懐旧 昔
  - Ⅲ 無常 死

地

- **旅**
  - 旅衣 旅路 海路
  - 旅宿 渡舟
- **名所**
  - Ⅰ 山類 山・岡・関
  - Ⅱ 水辺 岸・海・橋
  - Ⅲ 居所 古里（旧都）

飾

- **居所**
  - A 家 宿 里 床 屋
  - 戸 門 垣 扉 壁
  - B 外面 庭 簾
- **衣裳**
  - 衣 袖 袂 衿 錦

山類・水辺・居所には体A／用Bの別あり

2 句数 連続制限

◎（最小限）○（最大限）▒は「連歌新式」に明記なきものを推定

五句 勅撰部立系①根幹(1)

三句 勅撰部立系②根幹(2)

勅撰部立系③その他

非勅撰部立系①根幹

二句 非勅撰部立系②その他

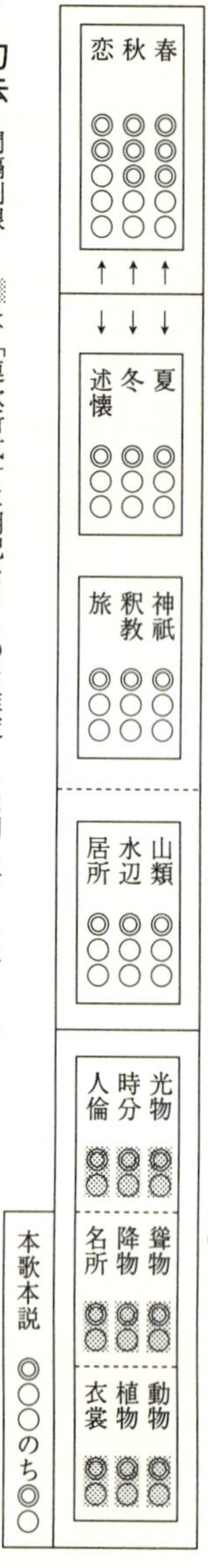

3 句去 間隔制限

▒は「連歌新式」に明記なきものを推定 ＊は別に考えるべきもの

Ⅰ 下位区分のない部立

天然界 天媒

	光	降	聳
光	3		
降		3	
聳			3

天然界 地 人間界 天媒地飾

	山	水	神	釈	恋	述	旅	居	衣
山	5								
水		5							
神			5						
釈				5					
恋					5				
述						5			
旅							5		
居								5	
衣									5

Ⅱ 下位区分のある部立

時分 天然界・天

	夜	朝	夕
夜	5	3▒	3▒
朝	3▒	5▒	2
夕	3▒	2	5

名所 人間界・地

	山	水	居
山	5	3	3
水	3	5	3
居	3	3	＊

動物 天然界・飾

	獣	鳥	虫
獣	5	3	3▒
鳥	3	5	3
虫	3▒	3	5

植物 天然界・飾

	竹	木	草
竹	＊	2	2
木	2	5	3
草	2	3	5

Ⅲ 季

	春	夏	秋	冬
春	7			
夏		7		
秋			7	
冬				7

Ⅳ 人倫

	人
人	2

連歌駒模式図

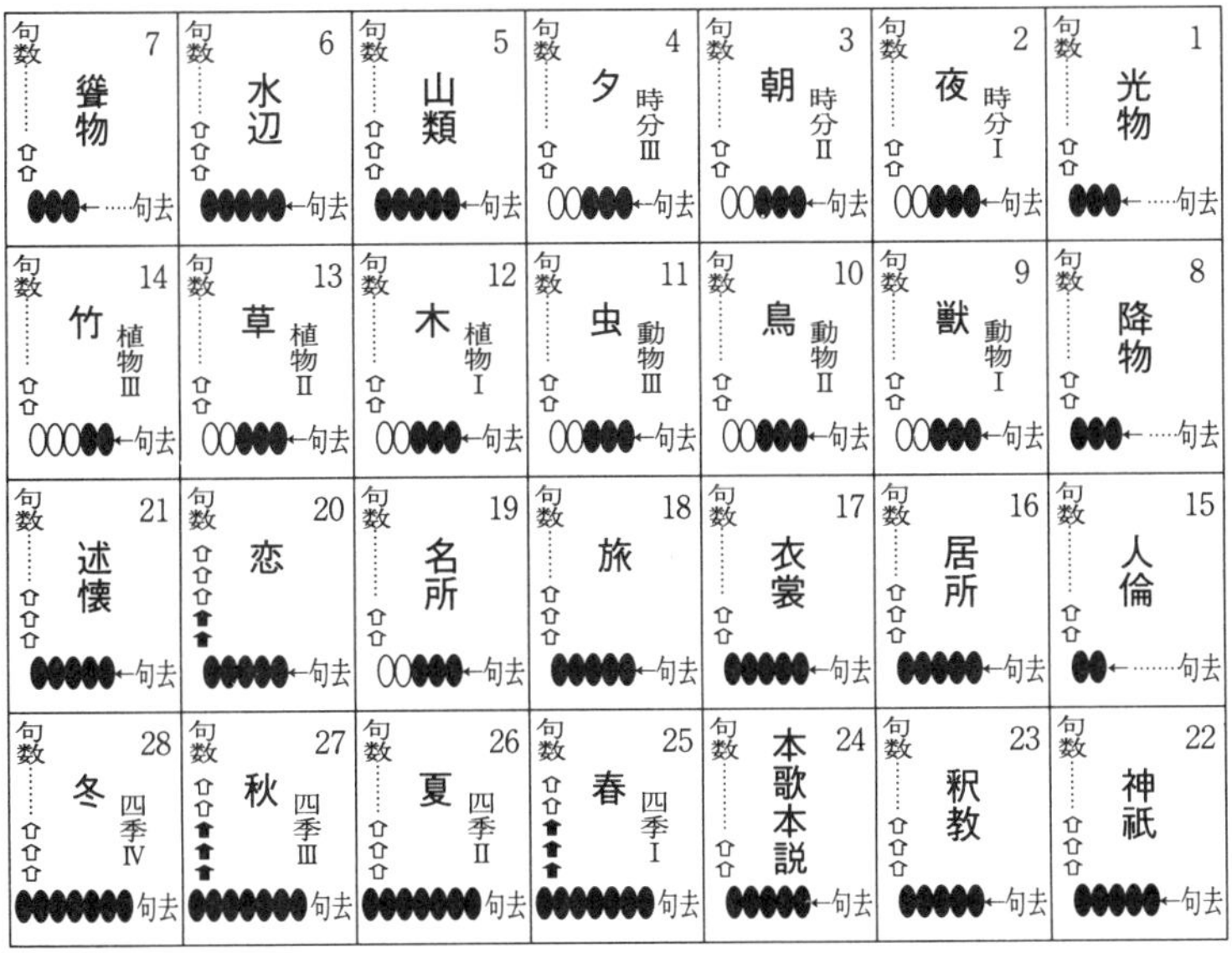

1 光物 句数 句去
2 夜 時分Ⅰ 句数 句去
3 朝 時分Ⅱ 句数 句去
4 夕 時分Ⅲ 句数 句去
5 山類 句数 句去
6 水辺 句数 句去
7 聳物 句数 句去
8 降物 句数 句去
9 獣 動物Ⅰ 句数 句去
10 鳥 動物Ⅱ 句数 句去
11 虫 動物Ⅲ 句数 句去
12 木 植物Ⅰ 句数 句去
13 草 植物Ⅱ 句数 句去
14 竹 植物Ⅲ 句数 句去
15 人倫 句数 句去
16 居所 句数 句去
17 衣裳 句数 句去
18 旅 句数 句去
19 名所 句数 句去
20 恋 句数 句去
21 述懐 句数 句去
22 神祇 句数 句去
23 釈教 句数 句去
24 本歌本説 句数 句去
25 春 四季Ⅰ 句数 句去
26 夏 四季Ⅱ 句数 句去
27 秋 四季Ⅲ 句数 句去
28 冬 四季Ⅳ 句数 句去

天喜六（一〇五八）年の興福寺駒（『木簡研究』16号より）

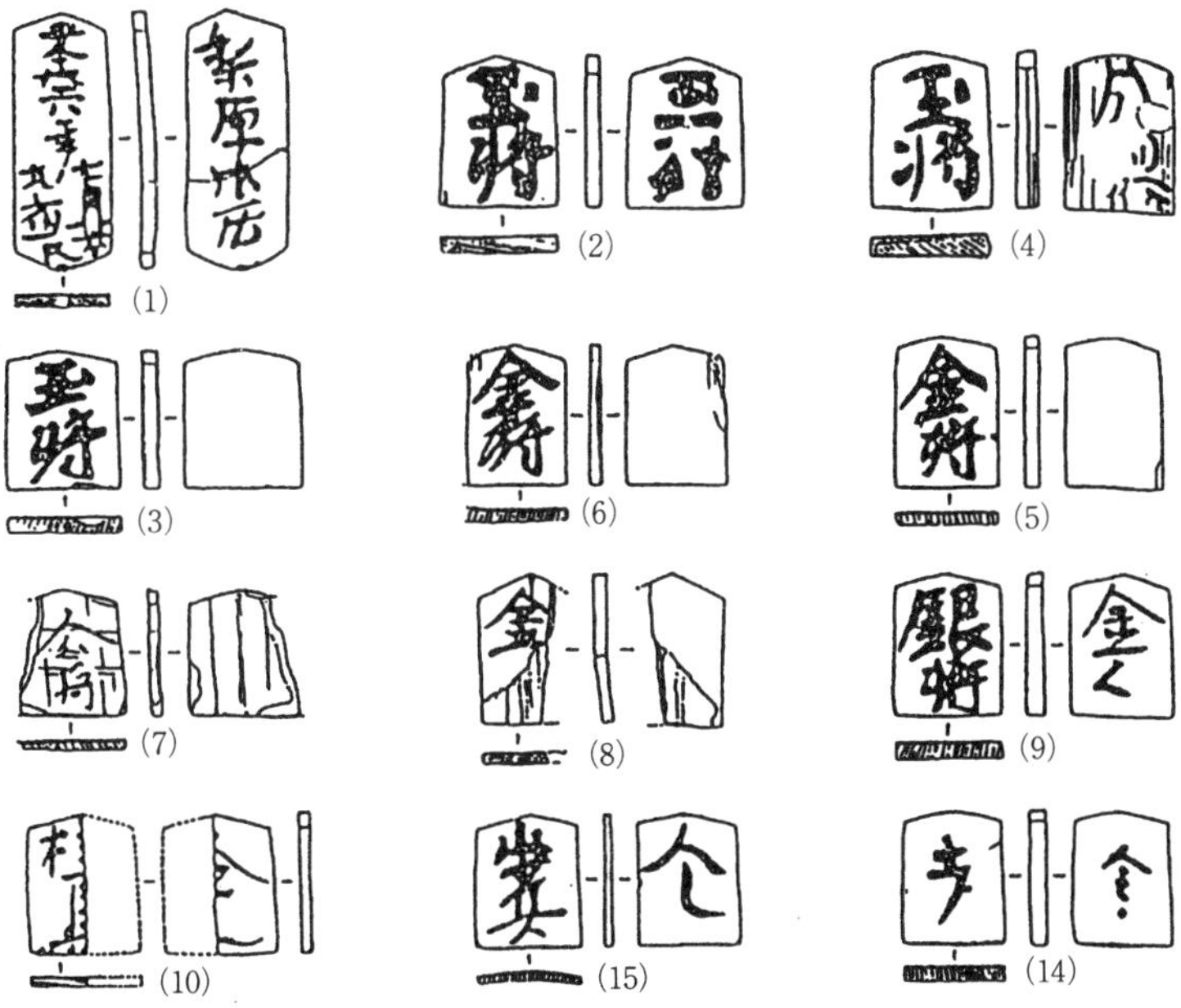

(1)
(2)
(4)
(3)
(6)
(5)
(7)
(8)
(9)
(10)
(15)
(14)

＊特別記念講演・シンポジウムのテープ起こし
石川八朗・津田容子・津田絵理子

連歌実作会

連歌座（平成16年11月 7 日，今井津須佐神社）

連歌実作会要領

会場：今井津須佐神社　島津座／高辻座／藤江座
会場：浄喜寺　有川座／筒井座／鶴崎座／光田座
会場：行橋市中央公民館（中学・高校生座）　安藤座／黒岩座／前田座／松清座

〈座の進行〉

＊座の運営は各宗匠の判断でお願いしています。

①予定時間五時間で世吉《よよし》を巻きます。
②一巡後、出勝ち。
③出句は、出句用短冊もしくは音声による。
④採択された句は、作者が掲示用短冊に自筆で書き、所定の場所にセロテープで貼る。
⑤完成した作品は各座でまとめ、担当係員にお渡し下さい。
⑥披講は行いません。
⑦その他、宗匠・執筆の指示に従って下さい。

連歌実作会参加者

■島津座

宗匠　島津忠夫　兵庫県川西市
執筆　戸田　佳　大阪府大阪市
連衆　伊地知義子　東京都町田市
　　　猪本泰子　福岡県京都郡苅田町
　　　大賀淑子　福岡県田川郡香春町
　　　岡部　純　岐阜県揖斐郡揖斐川町
　　　門田テル子　福岡県行橋市
　　　河内かおる　福岡県行橋市
　　　河内佑衣　福岡県行橋市
　　　後藤健治　福岡県福岡市
　　　臺　幸子　福岡県田川郡香春町
　　　丸山景子　京都府京都市
　　　山口手巻　三重県伊勢市
　　　若山淳子　福岡県築上郡吉富町

■高辻座

宗匠　恒成美代子　福岡県福岡市
執筆　小林善帆　滋賀県大津市
連衆　垣野晴子　三重県久居市
　　　久保裕代　福岡県小郡市
　　　佐藤英輔　福岡県築上郡築城町
　　　高松正水　岐阜県揖斐郡揖斐川町
　　　田坂磨理子　兵庫県加古郡播磨町
　　　田原麻子　福岡県田川郡香春町
　　　土屋実郎　神奈川県横浜市
　　　筒井みえ子　福岡県行橋市
　　　藤村昭典　福岡県行橋市
　　　村尾幸子　京都府京都市

■藤江座

宗匠　藤江正謹　大阪府大阪市
執筆　髙柳みのり　兵庫県尼崎市
連衆　井上由希子　福岡県京都郡豊津町
　　　岡野富司生　福岡県田川郡香春町

梶野知子　大阪府枚方市
角野豊子　大阪府池田市
高辻安津子　福岡県行橋市
竹島一希　京都府京都市
波多野直之　福岡県北九州市
藤岡よし子　三重県伊勢市
水野恭子　愛知県瀬戸市
山口義夫　千葉県四街道市
山下喜代子　福岡県行橋市

■有川座

宗匠　有川宣博　福岡県福岡市
執筆　柳原初子　福岡県行橋市
連衆　大久保甚一　岐阜県揖斐郡春日村
喜多さかえ　三重県伊勢市
後藤スヱコ　福岡県田川郡香春町
図子まり絵　京都府京都市
住野澄子　福岡県田川郡香春町
田中節美　福岡県京都郡勝山町

玉田成子　愛知県稲沢市
藤田和雄　福岡県行橋市
宮本富美子　福岡県田川郡香春町

■筒井座

宗匠　筒井紅舟　岐阜県郡上市
執筆　今井欣子　大阪府豊中市
連衆　上畑ヨシ子　福岡県行橋市
来山良哲　福岡県行橋市
佐伯房子　福岡県行橋市
中野たつ子　三重県伊勢市
西田正純　大阪府大阪市
羽廣竹夫　福岡県行橋市
原　稔子　福岡県行橋市
松井郁子　岐阜県岐阜市
八尋千世　福岡県太宰府市
六浦陽子　大阪府大阪市

■鶴崎座

宗匠　鶴崎裕雄　大阪府狭山市
執筆　村田隆志　大阪府大阪市
連衆　有坂千嘉子　福岡県北九州市
栗田純一　熊本県熊本市
小村典央　大阪府大阪市
白石君子　福岡県行橋市
髙瀬美代子　福岡県太宰府市
田島大輔　福岡県京都郡苅田町
三神あすか　兵庫県芦屋市
森友敦子　福岡県行橋市
矢野加寿　大阪府大阪市

■光田座

宗匠　光田和伸　京都府京都市
執筆　千賀誠三　京都府京都市
連衆　奥村秀子　福岡県田川郡香春町
杉山登代子　福岡県田川郡香春町
中川佐和子　三重県津市
中島伊佐子　福岡県太宰府市
林　茂達　大阪府大阪市
三輪三佐子　福岡県行橋市
村井敬子　三重県津市

■安藤座（中学・高校生座）

宗匠　安藤東三子　福岡県行橋市
執筆　大場勝枝　福岡県田川郡香春町
連衆　有松華菜江　福岡県行橋市
上田阿佐美　福岡県行橋市
江島奈津季　福岡県京都郡苅田町
神庭頌子　福岡県行橋市
實﨑智恵美　福岡県行橋市
品川寛和　福岡県行橋市
白川　薫　福岡県京都郡豊津町
白濱有紀　福岡県行橋市
白水洋子　福岡県京都郡犀川町
田中陽子　福岡県京都郡苅田町
津田博子　福岡県築上郡椎田町

中村友美　福岡県行橋市
野口美津葉　福岡県行橋市
平山　修　福岡県行橋市
藤井希代美　福岡県行橋市
町屋朱美　福岡県京都郡苅田町
松田智紘　福岡県行橋市
山口佳那子　福岡県行橋市
山下志織　福岡県行橋市

■黒岩座（中学・高校生座）

宗匠　黒岩　淳　福岡県北九州市
執筆　空閑佳節　福岡県北九州市
連衆　大田友里恵　福岡県行橋市
岡本瑞希　福岡県行橋市
木村智子　福岡県田川郡香春町
小正路あかり　福岡県行橋市
小村典央　大阪府大阪市
佐村綾香　福岡県京都郡豊津町
柴﨑詠美　福岡県行橋市

下坂美保子　福岡県京都郡勝山町
白川孝代　福岡県北九州市
竹内　悠　福岡県京都郡犀川町
永原恵利華　福岡県田川郡香春町
中山　舞　福岡県行橋市
廣瀬美和　福岡県行橋市
増田亜弓　福岡県行橋市
南野莉沙　福岡県田川郡香春町
椋本文美　福岡県行橋市
両角倉一　山梨県甲斐市
山口香慈　福岡県京都郡豊津町
山本由香利　福岡県行橋市

■前田座（中学・高校生座）

宗匠　前田　賤　福岡県京都郡豊津町
執筆　庄司　瑛　福岡県行橋市
連衆　秋山佳子　福岡県京都郡豊津町
池永友美　福岡県行橋市
大谷彩香　福岡県築上郡築城町

大平ありさ　福岡県行橋市
沓形佳織　福岡県行橋市
工藤美恵子　福岡県京都郡豊津町
末永麻美　福岡県行橋市
瀧下　茜　福岡県行橋市
田代慎治　福岡県行橋市
立花征己　福岡県行橋市
立花夕子　福岡県行橋市
中橋未沙　福岡県行橋市
畑　沙織　福岡県京都郡苅田町
広門慧子　福岡県行橋市
藤元葉月　福岡県行橋市
森　美穂　福岡県行橋市
吉兼憲一　福岡県行橋市

■**松清座**（中学・高校生座）

宗匠　松清ともこ　福岡県京都郡豊津町
執筆　松清真由子　大阪府吹田市
連衆　壱岐村直樹　福岡県行橋市

伊藤優太　福岡県行橋市
梅　綾葉　福岡県行橋市
木戸亜紀子　福岡県行橋市
末松和美　福岡県京都郡苅田町
田中　杏　福岡県行橋市
㞍谷みゆき　福岡県行橋市
中馬裕彰　福岡県行橋市
野川真梨乃　福岡県行橋市
土師朋絵　福岡県京都郡苅田町
宮下　結　福岡県京都郡苅田町
宮廻瑶美　福岡県京都郡苅田町
山本隆子　福岡県北九州市
和田　薫　福岡県行橋市

平成十六年十一月七日
大祖大神社・須佐神社参集殿
国文祭連歌大会・島津座

賦四字上下略

一　きざはしや薄霜おけるあしたかな　忠夫
二　よそひあらたに冴ゆる高殿　テル子
三　風かよふ山懐にいだかれて　純
四　湖青く行く舟ひとつ　健治
五　たなびける雲にゆくへのあるやらむ　淳子
六　旅立つけふの男子りりしき　義子
七　しろがねの月昇りくる芒原　景子
八　自らなるすずむしの声　手巻

初折・裏

一　田の畔《くろ》に華やぎ添へて案山子立つ　幸子
二　川冷やかに岸辺をあらふ　淑子
三　古酒をめでたしなむ人の髪白し　泰子
四　こころ安らぐ親しきつどひ　佳
五　若き日にのぼりし坂のなつかしき　淑子
六　ひとすぢ続く朝明けの道　手巻
七　いづくよりはつかに聞こゆ笛の音　純
八　鳶ひるがへる海沿ひにして　義子
九　浴衣着てともに眺むる月涼し　淳子
十　ほのかに匂ふ湯上りの肌　純
十一　灯ともせる部屋に置かるる新枕　健治
十二　古木の枝のすがたひそけし　淑子
十三　ふるさとの花のきはみにつつまれて　手巻
十四　うらうらとして山の端の明け　かおる

名残折・表

一　春の田に牛つながれて鋤くを待つ　幸子
二　村にあまねくひびく鐘の音　景子
三　陶《すゑ》の里訪ぬる人の足そぞろ　泰子
四　上野《あがの》匠の技に酔ひける　淳子
五　このごろは忘るることもいくそたび　手巻
六　すさびにつくる折々の歌　健治
七　旅の荷のややに重たき夕まぐれ　景子
八　肩寄せあはむ避難所の冬　淳子
九　雪やみて窓より峰に陽のさして　純
十　篠笛の音の風にとけゆく　佑衣
十一　雲もなき須磨の浜辺を雁渡る　義子
十二　水面に映ゆるもみぢ葉の色　かおる
十三　見あぐればくつきり浮かぶ望の月　テル子
十四　過ぎし昔のふるさと思ふ　佑衣

名残折・裏

一　門ごとに絹織る町の深庇　景子
二　干すずしろの香りたちくる　健治
三　木洩日のはらはらと散るひよりにて　義子
四　まどろみのうち時は過ぎゆく　淳子
五　うぐひすのさえづり聞こゆ峠道　幸子
六　向かひの山は霞棚引く　純
七　今井津の社にあふる花なれば　淳子
八　芽吹きたしかにうたびとの杜　佳

平成十六年十一月七日

大祖大神社・須佐神社社務所会議室

国文祭連歌大会・高辻座

賦花之何

一　神籬《ひもろぎ》の庭しづけしや今朝の冬　正水

二　歌待ちがてに飛ぶ雪螢　美代子

三　池面《いけも》には大いなる鯡形《なり》見せて　昭典

四　雲のゆききに香る松風　実郎

五　山際をのぼる望月光り濃し　麻子

六　刈田の畦《くろ》の細く続けり　裕代

七　新しき米俵はや積み出され　晴子

八　いづかたよりか笛の音《ね》きこゆ　みえ子

初折・裏

一　藍染の衣売る店並ぶ町　幸子

二　湯けむりの宿苞《つと》何にせむ　磨理子

三　乙女らがおぼつかなくも結ふ粽　英輔

四　君へ届けよ胸の熱きを　善帆

五　手鏡に向かひて薄く紅を刷く　麻子

六　玉章持ちて行く思案橋　幸子

七　窯の中陶《すゑ》の人形《ひとがた》炎だつ　正水

八　月は遙かに美《は》しく照り映ゆ　磨理子

九　虫の声途絶えて独り酒を酌む　英輔

十　金刀毘羅《ことひら》祭済みて安らか　実郎

十一　石段《いしきざ》をただひたすらに下り来て　磨理子

十二　草萌えそむる野辺に遊べり　晴子

十三　やからどち足取りかろき花の丘　みえ子

十四　土やはらかに若駒はぬる　裕代

名残折・表

一　夕茜里の焙炉《ほいろ》に立つ香り　幸子
二　夢の枕に母の横顔　正水
三　振り向ける髪の揺らぎのいと眩し　麻子
四　たぎつこころに降る細雪　磨理子
五　山越えの旅の衣を調へむ　みえ子
六　判官が墓いづこにありや　昭典
七　くきやかな虹かかりゐる海境《うなざかひ》　晴子
八　船脚重く鰹船来る　実郎
九　とぎれなく人の往き交ふ市ありて　みえ子
十　地震《なゐ》の爪跡今も残れり　正水
十一　狭き田に垂るる稲穂の黄金色　裕代
十二　そぞろ寒きに師の影偲ぶ　正水
十三　寝ねがてを臥侍の月あふぎつつ　美代子
十四　箏の奏づるいにしへの歌　昭典

名残折・裏

一　村雨のやみて静けさ戻りたり　英輔
二　岬のあたり鴨のひと群　晴子
三　たまほこの道の左手《ゆんで》にさす庵《いほり》　麻子
四　風ゆくりなく軒吹き抜くる　幸子
五　山の端に霞たなびくゆふつかた　みえ子
六　野火ほつほつとをちこちに見ゆ　英輔
七　咲きみつる花の奢りを楽しみて　晴子
八　時の移ろひ知らぬ囀　善帆

平成十六年十一月七日
大祖大神社・須佐神社参集殿
国文祭連歌大会・藤江座

賦御何

一　八雲たつ凪やなごりの神の旅　正謹
二　日影のぬくみこもる冬の芽　直之
三　おほらかに行く川水も絶えざらむ　義夫
四　見おろす丘に小鳥らの舞ふ　恭子
五　楽しげにうたふ里わの秋澄みて　豊子
六　薫る土の香いと冷やかに　由希子
七　夜々育つ月をかすめてゐる煙　喜代子
八　夕餉を告ぐる母の呼び声　よし子

初折・裏

一　卯木《うつぎ》咲く垣根にそひて遠まはり　翠生
二　袖もまとふや急ぐ雨あし　一希
三　湖《うみ》の上やがて明るくなりゆけり　知子
四　波にかがよふ漁《すなど》りの舟　みのり
五　ほのかにも男々しき姿望まれて　恭子
六　上枝《ほつえ》を揺らし鳥の飛びゆく　喜代子
七　うらやめど心ばかりは離《か》れもせず　一希
八　夢にうつつに顕《た》てる面影　よし子
九　ままならぬ恋もありしを望の月　翠生
十　遠近に聞く虫の声々　義夫
十一　露の原ただひそやかに続きをり　由希子
十二　行方いづくぞ峰の白雲　よし子
十三　笑みたまへ待ちこがれたる花の宴　安津子
十四　日永うららに歌もつらねて　豊子

名残折・表

一　風と来て風と去りゆく揚羽蝶　喜代子
二　安く親《ちか》しきことば忘れじ　由希子
三　いつはりと知りつつたのむはかなさや　一希
四　大臣《おとど》勇みて地震《なゐ》の地をゆく　みのり
五　雨あがり東の空に虹を見る　義夫
六　木の下闇に駒のいななき　よし子
七　草笛に友呼び出しし日もありて　翠生
八　鄙にたのしさある暮らしぶり　喜代子
九　敷島の道の学びのけはしくも　恭子
十　文箱の中に秘めしおもひで　義夫
十一　行き行きて合ひ合ふ心祇園橋　安津子
十二　御法の声も届く玉垣　一希
十三　戒めの月冴え冴えと出でにける　由希子
十四　数ならぬ身よ世をば恨むな　一希

名残折・裏

一　果もなき空の青さを仰ぎ見て　よし子
二　前にひろごる豊かなる海　義夫
三　幼な子は力の限りかけてゆく　恭子
四　山ふところの古き学び舎　豊子
五　日もすがら鳴きくらしてや蟬の声　直之
六　はるかたひらの霞たなびく　喜代子
七　階《きざはし》のきはみの花や里の宮　翠生
八　もののあはれもことさらの春　みのり

平成十六年十一月七日
今井浄喜寺
国文祭連歌大会・有川座

賦玉何

一　鳳凰《おほとり》の翔けて高殿《うてな》に立つや冬　甚一
二　野辺吹く風は神送る風　宜博
三　楠のさやぎに波の音《と》の添ひて　まり絵
四　入舟の影近づきにけり　スヱコ
五　山並みも色づく雲も澄みやかに　成子
六　茜にそまる蜻蛉あまねし　和雄
七　月待たぬ旅の衣の七日余《なのかま》り　節美
八　新藁にほふ低き軒の端　さかえ

初折・裏

一　酌みかはすほどに和みの濁り酒　澄子
二　雨しとしとと降りやまざりし　冨美子
三　たはむれに認《したた》めし文隠しおく　初子
四　小さき筐に思ひ古りたり　さかえ
五　面影を追ひはらひつつ田草取る　節美
六　夢よりさめてつのるさびしさ　澄子
七　うたかたの堰にはじくる春の川　和雄
八　霞のなかに細道つづき　成子
九　遠近の友集ひ来て花の下　まり絵
十　木々をぬふ風頬をなでゆく　冨美子
十一　笛の音にまぎれて届く香のひそか　節美
十二　向かひ家の屋根ぬらす月代　成子
十三　笠付にさはやかなる気醸されぬ　さかえ
十四　鮎落ちてなほ峡のしづけき　まり絵

名残折・表

一　万模巣《まんもす》の骨ばかりなる岩凝《こご》し　初子
二　笑《ゑま》ひあふるる歩茂些飛猿主《ほもさぴえんす》　まり絵
三　久々に帰り来む人雪に待つ　スヱコ
四　はだか木の梢天《うれそら》を刺しつる　さかえ
五　破《や》れ寺の甍に風のとよめきて　和雄
六　救ひもれなき仏尊し　宜博
七　妹に似し声にふりむく戻り橋　まり絵
八　てふてふふたつ連れ舞ひあそぶ　冨美子
九　夕去れば朧の帳おろされぬ　さかえ
十　野を焼く煙たなびきにけり　スヱコ
十一　濡らしおく草履をしむる峠越え　節美
十二　髯の大臣《おとど》の宣《のたま》ふからに　さかえ
十三　おばしまに月を招かん扇もて　まり絵
十四　櫓をこぐ音のいとも涼しく　甚一

名残折・裏

一　たうたうと増しくる波の黝《くろ》みたり　和雄
二　凍て鶴さらに佇ちて動かず　節美
三　広ごりし田の面いつしか霜満ちて　澄子
四　流るる雲の峰にしるけし　和雄
五　暖かく置かれてゐたる石の臼　さかえ
六　並ぶ雛の眉愛《うるは》しき　節美
七　幾重なす花の枝間の空すがし　成子
八　一日《ひとひ》さすがにうららかな園　初子

平成十六年十一月七日
今井浄喜寺
国文祭連歌大会・筒井座

賦白何

一　冬立つや西の方なる錦雲　紅舟
二　初雪降りし遠き峰々　ヨシ子
三　しづもれる広野に鳥のやすらひて　房子
四　笹の庵を訪へる浦風　竹夫
五　すはこそと船は錨をあぐるらむ　正純
六　旅もはるかに空澄みわたる　陽子
七　横笛の音さだまれるけふの月　欣子
八　高く低くと虫の鳴き添ふ　千世

初折・裏

一　折々の鄙のくらしをよしとして　稔子
二　問はずがたりを繰り返しなす　郁子
三　胸深きいのちが願ひ凡夫《ただひと》の　良哲
四　辻の祠にゆるるともしび　たつ子
五　熊野へとつづく木立ちはすくと立ち　正純
六　飛びかふもののかげは見えずも　陽子
七　たびごろも未だ行く先追ひかけて　房子
八　髪を洗ふも風にまかする　稔子
九　一杯《ひとつき》の酒《ささ》酌みかはし月涼し　竹夫
十　今宵いづくにとまる蛍か　良哲
十一　せせらぎの幽かにひびく山の間　欣子
十二　小雨しづけく蕾ふくらむ　陽子
十三　いつしかに咲き出で匂ふ花の寺　千世
十四　声はれやかに野遊びがへり　たつ子

名残折・表

一　春の水こぼしては汲むたなごころ　竹夫
二　窓開けはなち床の軸替へ　稔子
三　仙人の棲むてふ山も見ゆるらし　房子
四　いくたびわれを迷はす娘　正純
五　ふくよかな脛をつつみし薄ごろも　紅舟
六　ほとりすがしき八つの木の橋　欣子
七　長雨よ渇ける国に降れぞかし　正純
八　地震《なゐ》のおこりしときのまのこと　郁子
九　慰むることば失ふおそろしさ　ヨシ子
十　老いかこちつつ過ごす世の人　千世
十一　小牡鹿の声もかそけし霧の中　正純
十二　もみづる楓谷に傾く　良哲
十三　夜は更けて栗の実落つる月の庭　陽子
十四　神に捧ぐる歌も熟れきて　正純

名残折・裏

一　こともなくしづかに時の流れゆき　房子
二　いつか降りつむしんしんと雪　千世
三　集ひたる友がらの皆若くあり　たつ子
四　影ちりぢりに町の四角　郁子
五　表には牛車の音のかろやかに　紅舟
六　都ゆかしきなりはひのほど　ヨシ子
七　行橋にをどりあかして花盛り　陽子
八　霞たなびく島のあけぼの　欣子

平成十六年十一月七日
今井浄喜寺
国文祭連歌大会・鶴崎座

賦何草

一　今年また豊津国原《くにばら》冬もなし　裕雄
二　清き渚に群れ舞ふ千鳥　君子
三　あしひきの峯ぎは雲のわたりゐてあすか
四　風吹きおろす野道ひとすぢ　大輔
五　碑《いしぶみ》を尋ぬる思ひ深からむ　加寿
六　木の実の色もいつしか増せり　千嘉子
七　あでやかに袖ひるがへし月の宴　純一
八　笛にまけじとすだく虫の音　敦子

初折・裏

一　雨もよひ村はづれなる庵の庭　美代子
二　あそぶ童の姿いとほし　典央
三　うたぐちをこなたかなたに慕はせて隆志
四　百夜《ももよ》通ひの伝へもかなし　あすか
五　湖の妖《あや》かしの姫恋ふれば　大輔
六　とりつくろはんしのぶの乱れ　君子
七　しみじみと鏡にうつす白かさね　美代子
八　築山しげく映ゆる月影　千嘉子
九　まなかひに残れる景色苞《つと》にして　典央
十　旅をいざなふかげろふの道　加寿
十一　雪解けのすこやかにあれ信濃川　大輔
十二　若草萌ゆる日々を待たなむ　敦子
十三　列《つらな》りて甘茶ささぐる花まつり　あすか
十四　嫗《おうな》の笑《ゑ》みもいとやはらかに　美代子

名残折・表

一　忘れえぬ契りをしたふ歌の友　隆志
二　あまねくわたるきざはしの宮　加寿
三　美しく重なりし尾根《をね》眺めやり　典央
四　朝の中州に釣舟ひとつ　裕雄
五　薄日さす白き波間にかもめ飛ぶ　純一
六　唐棣《はねず》のいろにふふむ寒梅　あすか
七　雨だれに枯野の行脚遠ざかり　大輔
八　まほろばの里何を語るや　美代子
九　うらぶれて都のくらし偲ぶらむ　純一
十　面輪《おもわ》を伏せし風のおくれ毛　あすか
十一　うろこ雲私の想ひつたへてよ　敦子
十二　芒もなびく銀《しろかね》の月　大輔
十三　いづこより菊の香りのただよひて　千嘉子
十四　新走《あらばしり》酌むつどひなごやか　美代子

名残折・裏

一　軒端《のきばた》に並びてをりし兄弟《あにおとと》　典央
二　涼しげに聞くせせらぎの音　大輔
三　山深き関の片蔭駒とめて　純一
四　縞のつむぎの旅の衣手　君子
五　やうやうに茜の色に空染まり　美代子
六　遠くに見ゆるはだれなる雪　千嘉子
七　耀《かが》ひてなほ誉れある花の園　敦子
八　末も栄えむ風光る郷《さと》　隆志

平成十六年十一月七日
今井浄喜寺
国文祭連歌大会・光田座

賦唐何

一　神たつと京都や空に時雨るらん　誠三
二　跡もまぎれず紅葉踏む道　和伸
三　水上は岩打つ音の響きゐて　三佐子
四　潮の香添へる風渡り来ぬ　伊佐子
五　かすかにて白き舟帆の遠ざかる　茂達
六　はるかかなたを雁のひとむら　敬子
七　たづねんと思ひながらの峯の月　佐和子
八　露もてゆるる里しづかなり　秀子

初折・裏

一　草かげに細く流るる水澄みて　登代子
二　魚のをどりておどろかれぬる　茂達
三　旅衣ぬげばやすらぐ影ふたつ　秀子
四　苞もうれしき京の紅さす　伊佐子
五　深みゆく君のおもひと胸に秘め　佐和子
六　短夜さへや過ぎかねし頃　敬子
七　篁に涼しき月を待ち得たる　茂達
八　葉ずれの音は秋遠からじ　三佐子
九　ははき目のいとくきやかに坪の庭　敬子
十　島に見立つる石の遠近　伊佐子
十一　をさな子はおとぎ話にうなづきて　佐和子
十二　草笛らしき淡き陽のなか　登代子
十三　たはぶれも花をいろどる蝶の舞　三佐子
十四　南祭の幟はためく　秀子

名残折・表

一　あざやかに手柄の酒を書きしるし　茂達
二　今宵の人ぞみな夢ごこち　登代子
三　やはらかに心にしみるひざまくら　三佐子
四　つゆだに別れ知らず思はず　伊佐子
五　世の中は斯くと聞きしに習ひしに　茂達
六　なゐふる村の上に降る雨　誠三
七　ふたへ虹泥の流れにかかりたり　敬子
八　問はず語りに過ぎてゆくとき　佐和子
九　七五三祝ふ幼の髪かざり　秀子
十　辻の地蔵のただ在はすなり　伊佐子
十一　木もれ陽の届く御寺の広庭に　登代子
十二　山深くなほ残る在明　誠三
十三　駒とめて水飲まさばや秋の風　佐和子
十四　こほろぎの声野辺に聞こゆる　敬子

名残折・裏

一　衣を縫ふ母の背まるくかがまりて　伊佐子
二　薪をかつぎて急ぐ帰り路　茂達
三　冬霞おだやかの日は打ちつづき　佐和子
四　背戸の畑に雪は降りつつ　登代子
五　つれづれに歩みゆく身のたしかにて　佐和子
六　石畳より青踏み遊ぶ　伊佐子
七　集ひ来てにぎはひ勝る花の下　佐和子
八　歌もめでたき今井津の春　誠三

賦青何

平成十六年十一月七日
行橋市中央公民館
国文祭連歌大会・安藤座

初折・表

一　美しき言の葉さやぐ冬日和　東三子
二　落ち葉踏みつつ集ふ若きら　勝枝
三　肌寒の流るる雲も色づきて　陽子
四　西に見ゆるは雁の一列　修
五　蓑虫を見つけてはしやぐ子供達　有紀
六　足元ゆれる紅きコスモス　智紘
七　吹く風に誘はれ出で来小望月　奈津季
八　清らかに聴く細き歌声　志織

初折・裏

一　美しく輝く水面見つめをり　寛和
二　かすかに香る高原の風　陽子
三　木の下に寄りて静かに書を読む　華菜江
四　目の前を過ぎ夏の霧行く　希代美
五　笑ふ君ひまわり見れば思ひ出す　頌子
六　忘れ得ぬ日々いづこに消ゆる　朱美
七　塾通ひ夢の中だけ遊んでる　美津葉
八　まぶたの裏に未来の姿　有紀
九　先人が想ひを馳せた朧月　奈津季
十　若草の野に広がる世界　陽子
十一　帰る鳥はるかな国に飛んでゆけ　美津葉
十二　佐保姫ひとり静かに送る　薫
十三　穏やかな陽ざしに花の咲き満ちて　志織
十四　縁側に出て新茶をすする　修

名残折・表

一　蛍飛び川の面に影映る　阿佐美
二　夢みるやうに安らぐ心　友美
三　取り出して古きアルバム開きをり　洋子
四　ふと見上げれば売り出しの旗　佳那子
五　「安くして」「もうこれ以上負けられん」　華菜江
六　京都の街に初雪の降る　博子
七　凍る朝黒土踏めば白い音　朱実
八　君の背見つつ歩む細道　智恵美
九　手をひいてどこでもいいよ連れてつて　奈津季
十　川をはさんで星のロマンス　美津葉
十一　蟋蟀の歌ふ村里あとにして　陽子
十二　濁り酒など交はして別れ　修
十三　山の端に傾く月を送りゆく　志織
十四　胸に残るは秋の寂しさ　智紘

名残折・裏

一　いつの日か帰って来ると郷を発つ　頌子
二　山青くして水きよらかに　東三子
三　夏帽子ただ透きとほる波に消え　希代美
四　春風に乗る幾千の泡　陽子
五　陽炎のゆらめき野末までやまず　博子
六　手に風車かけ寄りて来る　智恵美
七　古りし木の丘の上なる花吹雪　華菜江
八　叶ひし望み芽吹く国原　奈津季

平成十六年十一月七日
行橋市中央公民館
国文祭連歌大会・黒岩座

賦何船

一　新しきそよ風に舞ふ木の葉かな　淳
二　冬のおとづれ感じる朝日　あかり
三　美しき若人たちの集ひ来て　典央
四　秋空のもときづなふかめる　佳節
五　渡り鳥飛びたつ姿勇ましく　舞
六　八景山に紅葉赤々　香慈
七　満月に思ひ出すのはかぐや姫　莉沙
八　話聞きつつ夢の世界へ　美和

初折・裏

一　目が覚めて現実感じうなだれる　由香利
二　若葉風吹く公園の中　倉一
三　彼と行く夕焼け道でほほ染まる　亜弓
四　夜空見上げて星を数へる　悠
五　初詣今年こそはと願ふなり　友里恵
六　ちゃんちゃんこ着て受験勉強　詠美
七　鳴り響く除夜の鐘聞き精を出す　瑞希
八　台所にはごちそうならぶ　恵利華
九　初デート彼氏のためのお弁当　文美
十　春の月見て明日を思ふ　綾香
十一　穴蛙土より出づる音を聞き　美保子
十二　うららかな日を一人であゆむ　智子
十三　満開の花のトンネルくぐり抜け　孝代
十四　菱餅持ちて夜桜眺む　亜弓

名残折・表

一　気がつけば酒の席へと早がはり　佳節
二　後悔しても遅すぎた朝　由香利
三　窓の外見渡す限り雪景色　莉沙
四　あなたと過ごすクリスマスイブ　友里恵
五　声聞くと昔を思ひ泣けてくる　美和
六　今のしあはせさらにかみしめ　佳節
七　父の日にはづかしながらおくりもの　香慈
八　母にもあげた大瑠璃の羽　悠
九　言葉にはできない想ひつめ込んで　美和
十　色づく山をしみじみながめ　莉沙
十一　木犀の香り漂ふ秋彼岸　悠
十二　黄昏時の鈴虫の声　舞
十三　きらきかな月のしづくを集めゆく　友里恵
十四　我が衣手は銀に光りて　悠

名残折・裏

一　冬の夜ひらり舞ひ散る雪の華　文美
二　心すがしく和布刈の神事　あかり
三　眺めつつ柚子湯につかり温もりぬ　由香利
四　猿のごとくに肩並べ合ふ　舞
五　春の虹いつにもまして透き通る　亜弓
六　のどかなまちに風吹きぬけて　佳節
七　花が咲き卒業した日思ひ出す　莉沙
八　日溜まりの丘飛びゆくつばめ　瑞希

平成十六年十一月七日
行橋市中央公民館
国文祭連歌大会・前田座

賦何人

一　歌ひ継ぐ冬立つ朝の集ひかな　賤
二　小春日和にこだます笑《ゑま》ひ　瑛
三　窓の外遊ぶ子どものまろびゐて　彩華
四　秋めく空の青の広がり　葉月
五　月光る雲のいできて白々と　佳子
六　桔梗の凜《りん》と散るは雄々しき　麻美
七　をちこちに虫の音高く聞こえけり　慎治
八　はるけき方に風の吹くらし　美恵子

初折・裏

一　春立つも寒さ残りし小さき庭　友美
二　ふくらむつぼみにほひ暖か　佳織
三　想ひ人告げる気あれど影朧《おぼろ》　葉月
四　流るる涙切なき心　佳子
五　観覧車ともに乗らんとラブレター　美穂
六　待ち遠しいな夏の休みは　未沙
七　見上げたる空のまぶしさ目をとぢる　茜
八　竜宮城のさやかに現《あ》れて　慧子
九　水底《みなそこ》に月かげ深くとどきをり　彩華
十　障子洗ひし苫《とま》なる家は　麻美
十一　階《きざはし》に毛せん敷いてひなまつり　佳子
十二　つくしのあまたに埋《うづ》まるらしく　沙織
十三　花盛り薄紅《うすくれなゐ》に山を染む　佳子
十四　新たな出会ひ心は躍《をど》る　美穂

名残折・表

一　手をつなぎ自転車おして帰る道　彩華
二　共にはじらひかはす接吻　佳子
三　初雪がひらひら積もる別れぎは　夕子
四　クリスマスの灯《ひ》遠くに見えて　美恵子
五　枕辺《まくらべ》に靴下置きしかの頃は　沙織
六　時の巡りて古き想ひ出　慎治
七　境内の線香花火をちこちに　佳子
八　暑さ半分秋の近くて　未沙
九　流れ星消えないうちに願ひごと　慧子
十　寄せる杯《さかづき》望月《もちづき》のもと　慎治
十一　そぞろ寒友と語らふ旅のこと　佳織
十二　こぼし墨して香りたちまち　麻美
十三　母の手の年越しそばのしみじみと　佳子
十四　闇に響くは除夜の鐘なり　憲一

名残折・裏

一　そこはかと霜のふれあふ音のする　彩華
二　はせを歩きし道を訪ねて　茜
三　立ちどまりとばかり見入る清き水　葉月
四　小岩の影に魚の群れし　佳子
五　いづこより声の聞こゆる揚げ雲雀《ひばり》　慎治
六　遠き山々かすみたなびく　夕子
七　風そよぎ若き宴に花の舞ふ　ありさ
八　美夜古平のうるはしき春　征己

平成十六年十一月七日
行橋市中央公民館
国文祭連歌大会・松清座

賦何衣

一　京都路に継ぐ歌垣や冬初め　ともこ
二　橋新しく翔つゆりかもめ　真由子
三　山際の空紅に色染みて　優太
四　さやけき夜半に街のささやく　真梨乃
五　今頃は月の剣刃《つるぎば》浮かぶらむ　直樹
六　稲実る田に風の踊れる　裕彰
七　鈴虫の声の遙かに響きをり　和美
八　雲の流れに時を感じて　朋絵

初折・裏

一　思ひ出は心にしまひあたたかし　亜紀子
二　勿忘草に誓ひを立つる　結
三　ふらここをこぎて二人の夢語る　隆子
四　初めて知りし恋のときめき　みゆき
五　大好きよあの街角で待ち合はせ　杏
六　ベンチに居れば蟬の声舞ふ　薫
七　水色のパラソルを手に空見上げ　綾葉
八　夕闇迫り家路を急ぐ　瑶美
九　今川に誰か浮かべよ月見舟　ともこ
十　紅葉の土手を走る自転車　杏
十一　口ずさむ歌軽やかに通り過ぎ　みゆき
十二　背にやはらかき東風にならまし　真梨乃
十三　花びらに淡く染みたるほほの色　朋絵
十四　緋の毛氈にあられ菱餅　綾葉

名残折・表

一　つばくらめ飛び来る時となりにけり　直樹
二　友との別れ新たな出会ひ　優太
三　光る汗弾むボールを追ひかけて　みゆき
四　ラムネを一気に飲み下したる　裕彰
五　離れゆく後ろ姿をただ見つめ　和美
六　ほのかに残る君のぬくもり　朋絵
七　影も無く果ても知らぬは恋の闇　真梨乃
八　凍てつく寒さ愛しさの増す　綾葉
九　卵酒酌みてこころも温まり　亜紀子
十　体ポカポカ頭フラフラ　優太
十一　帰り道車に注意千鳥足　和美
十二　春の浜辺の砂山崩れ　真由子
十三　あやしげに眼《まなこ》奪ふは朧月　優太
十四　黄泉路の隅に誰か在るらし　真梨乃

名残折・裏

一　我が夢を帰る燕に託しつつ　直樹
二　芒が招く広き牧原　綾葉
三　秋の雲風に吹かれて何処へ行く　優太
四　水面ただよふ野分の名残　結
五　郷よりの情《なさけ》溢るる便来て　朋絵
六　春の日ざしに雪の解けゆく　薫
七　花薫る古き学舎皆集ふ　優太
八　宴長閑に祝ふ杯　裕彰

第三句公募入選作と選評

［選者］
有川宜博
島津忠夫
高辻安親
筒井紅舟
鶴崎裕雄
藤江正謹
光田和伸

第三句入選作を発表する鶴崎裕雄氏（平成16年11月６日，コスメイト行橋）

■連歌公募要項（抜粋）

連歌の第三（連歌では第三句目の五・七・五の句を「第三」と言います）を広く公募します。これは「第19回国民文化祭・ふくおか2004　文芸祭連歌大会」の主要事業であり、現代連歌の興隆を企図するものであります。広く多数のご応募をお願いいたします。作品は厳正審査のうえ入選作を決定し、大会当日授賞式を執り行います。

・第三を付けて下さい　春と夏の発句・脇句を提示しました。これにあなたの第三を付けて下さい。春発句・脇はこちらで用意しました。夏発句・脇は、かの西山宗因が、今回の実作会場である今井津須佐神社に奉納した独吟（寛文九年六月）から採りました。

・なぜ第三か　連歌の付句はおよそ直前句に立脚しつつ付ける人の新しい詩歌世界に踏み出すものですが、第三は特に変化展開を要する所で、その意味では最も連歌の付句の特徴が現れる箇所。そこで一般的な前句付《まえくづけ》にせず特定の第三付としました。また世吉《よよし》や一巻を公募としなかったのは、第三の付句とすれば、これまでに連歌、連歌座の体験のない人でも応募できると考えたからです。

・第三をこう詠もう　まず、①第三では神祇《じんぎ》・釈教《しゃっきょう》（宗教）、恋、無常などに関連するような刺激的な句材・句境は駄目。これは次に、第四、五、六……と続けて読み世吉や百韻連歌にする作品の第三だからです。第三で完結するものではありません。②直前の脇句を充分に理解・鑑賞しつつ、なおかつあなた独自の世界に進んで下さい。発句に句材・句境の上で戻ってもいけません。③最後は「て」か「らん（らむ）」で結んで下さい。「て留め」、「らん留め」はこの語形自体が変化展開をはらんでいるからです。連歌第三の留字は「て」か「らん」です。④用語は和語（やまと言葉）で終始して下さい。漢語、片カナ語などの俳言《はいごん》は避けましょう。⑤春発句の部では第三も春の季を続けねばなりません。夏発句の部では第三は夏を続けてもいいし、夏を捨てて雑《ぞう》（季節の無い句）でもよろしい。ここで他季（春か冬か秋）に行くのは難しい。

■入選作選出について

＊全国から約百七十名、市内中学・高校から約二百三十名の応募がありました。四月一日から六月末日までが応募期間でした。

＊次の選者が二回にわたり厳密に審査しました（50音順）。

有川宜博＝北九州市立自然史・歴史博物館学芸員
島津忠夫＝大阪大学名誉教授
高辻安親＝全国連歌協会会長／今井津須佐神社宮司
筒井紅舟＝大垣女子短期大学元教授
鶴崎裕雄＝帝塚山学院大学名誉教授
藤江正謹＝全国連歌協会副会長／杭全神社宮司
光田和伸＝国際日本文化研究センター助教授

■第19回国民文化祭・ふくおか2004　文芸祭連歌大会

第三句公募入選作・入選者（一般の部）

【文部科学大臣奨励賞】

夏発句　祇園《かみのその》しげらす民の草葉かな　宗因

脇　句　夏景《なつかげ》久し里の松竹　宗因

蹲踞《つくばひ》のいだきし空の深くして　前田　賤（福岡県京都郡豊津町）

【国民文化祭実行委員会会長賞】

春発句　船は津に寄りて伝へよ歌の春　和伸

脇　句　真東風《まこち》のあともしるきあけがた　宜博

薄墨の霞の幕をおしあげて　川上美江子（福岡県北九州市）

【福岡県知事賞】

夏発句　祇園しげらす民の草葉かな　宗因

脇　句　夏景久し里の松竹　宗因

高き峰雲の行方《ゆくへ》も定まりて　髙松正夫（岐阜県揖斐郡揖斐川町）

【第19回国民文化祭福岡県実行委員会会長賞】

春発句　船は津に寄りて伝へよ歌の春　和伸

脇　句　真東風のあともしるきあけがた　宜博

遠霞《とほかすみ》はつか茜にかがやきて　田坂磨理子（兵庫県加古郡播磨町）

【福岡県議会議長賞】

春発句　船は津に寄りて伝へよ歌の春　和伸

脇　句　真東風のあともしるきあけがた　宜博

引き鶴の白きつばさの影みえて　松村淑子（大阪府豊中市）

【福岡県教育委員会賞】

夏発句　祇園しげらす民の草葉かな　宗因

脇　句　夏景久し里の松竹　宗因

郭公《ほととぎす》たしかに聞けと初音して　羽廣竹夫（福岡県行橋市）

【行橋市長賞】

春発句　船は津に寄りて伝へよ歌の春　和伸

脇　句　真東風のあともしるきあけがた　宜博

若駒の嘶き四方にこだまして　村尾幸子（京都府京都市）

【第19回国民文化祭行橋市実行委員会会長賞】

春発句　船は津に寄りて伝へよ歌の春　和伸

脇　句　真東風のあともしるきあけがた　宜博

大野《おほの》ろに百枝《ももえ》の梅の咲き分けて　林　茂達（大阪府大阪市）

【行橋市議会議長賞】

春発句　船は津に寄りて伝へよ歌の春　和伸

脇　句　真東風のあともしるきあけがた　宜博

揚げ雲雀雲のさそひに乗りゆきて　守川真寿美（福岡県小郡市）

【行橋市教育長賞】

夏発句　祇園しげらす民の草葉かな　宗因
脇　句　夏景久し里の松竹　宗因

ならびたつ白壁の蔵夕映えて　中野たつ子（三重県伊勢市）

【行橋市文化協会会長賞】

夏発句　祇園しげらす民の草葉かな　宗因
脇　句　夏景久し里の松竹　宗因

豊の海明《あけ》の光にかがやきて　八尋千世（福岡県太宰府市）

【全国連歌協会会長賞】

春発句　船は津に寄りて伝へよ歌の春　和伸
脇　句　真東風のあともしるきあけがた　宜博

若駒は同じ遠きを瞶めゐて　片村　至（東京都新宿区）

第三句公募入選作・入選者（中学・高校生の部）

【福岡県知事賞】

春発句　船は津に寄りて伝へよ歌の春　和伸

脇　句　真東風のあともしるきあけがた　宜博

光さす木々に初音のきこえきて　江島奈津季（福岡県立京都高校二年）

【第19回国民文化祭福岡県実行委員会会長賞】

夏発句　祇園しげらす民の草葉かな　宗因

脇　句　夏景久し里の松竹　宗因

山清水流れる音の涼しくて　池永友美（行橋市立中京中学校三年）

【行橋市長賞】

夏発句　祇園しげらす民の草葉かな　宗因

脇　句　夏景久し里の松竹　宗因

風鈴の音をかなでる風きたり　大倉美鈴（行橋市立長峡中学校三年）

【第19回国民文化祭行橋市実行委員会会長賞】

春発句　船は津に寄りて伝へよ歌の春　和伸

脇　句　真東風のあともしるきあけがた　宜博

鶯の鳴き声響く山の中　伊藤優太（行橋市立行橋中学校三年）

【行橋市議会議長賞】

夏発句　祇園しげらす民の草葉かな　宗因

脇　句　夏景久し里の松竹　宗因

ところてん心涼しく透き通り　濱口千春（行橋市立今元中学校二年）

【行橋市教育長賞】

夏発句　祇園しげらす民の草葉かな　宗因

脇　句　夏景久し里の松竹　宗因

ぬばたまの闇に灯りし蛍の命　藤元葉月（行橋市立長峡中学校三年）

【行橋市文化協会会長賞】

春発句　船は津に寄りて伝へよ歌の春　和伸
脇　句　真東風のあともしるきあけがた　宜博

桜咲きににぎやかになる川のどて　谷中優紀（行橋市立仲津中学校三年）

【全国連歌協会会長賞】

夏発句　祇園しげらす民の草葉かな　宗因
脇　句　夏景久し里の松竹　宗因

青き空入道雲を仰ぎみて　宮下　結（福岡県立京都高校二年）

選　評

【一般の部】

有川宜博　評

発句は起、脇句は承、第三は転とする付けについての要領も、前回のプレ大会の時に比べ格段に上達したとの感慨しきり。ここでは今井連歌の作法により人倫に関わるものはまず排除させていただいた。春の部、「風のあと」をどう見せているか。夏の部、「夏景久し」の解釈を中心に審査。春は脇句の「東風」を承けて梅を詠み込んだものが多く見られた。その中から、

①　大野ろに百枝の梅の咲き分けて　春

脇句「東風の跡」を「咲き分けて」で承け、地に満ちる梅の清々しさは「あけがた」にもぴったり。

②　薄墨の霞の幕をおしあげて　春

霞も風のあとを生かす素材として文句ない。あけがたに、幕を「おしあげて」という表現がいい。

また、夏の部、一種の清涼感を演出した付けに秀作が多かった。

③　蹲踞のいだきし空の深くして　夏

真夏の様子を、空の青さと広さにイメージしながら、それを蹲踞に映った姿に凝縮させ、脇句の里の松竹にも連動させている。前句を最大限に生かす付け、連歌の醍醐味。

④　真清水のときはかきはに雫して　　夏
前句の松竹のめでたさを、「常盤堅盤《ときはかきは》」と承けながら、巌をも穿《うが》つ雫の力強さが加えられている。

以下、順位を付けるのは至難の業だが、
⑤　遠霞はつか茜にかがやきて　　春
前句に素直に反応し、しかも第三としての展開も申し分ない。
⑥　若駒の嘶き四方にこだまして　　春
あけがたの空にひびく馬の嘶き。若駒というのもいい。
⑦　遠山に残る白雪ほの見えて　　春
遠景を付ける句の中でも雪を演出した点。これも「あけがた」をよく生かしている。
⑧　銀の大滝天に轟きて　　夏
色彩・音などを演出し、第三として重要な展開を見せている。
⑨　ひとすぢの流れに蛍とびかひて　　夏
夜の風物へと転じて素直。
⑩　高き峰雲の行方も定まりて　　雑
里の風景を包む空。雲の動きに、連歌の場も動き出した感しきり。

その他、「夕暮れのひと村雨を待ちわびて」（久しを一日の姿に転じた点）、「月残る峰の松影霞むらん」（ここで月を詠み出すというのも連歌巧者）なども最後まで検討に残った。

島津忠夫 評

①蹲踞のいだきし空の深くして　夏
②郭公たしかに聞けと初音して　夏
③薄墨の霞の幕をおしあげて　春
④ならびたつ白壁の蔵夕映えて　夏
⑤香りたつ清き白梅やや咲きて　春
⑥うぐひすの初音聞きませ窓あけて　春
⑦瀬をのぼる競ひの鮎の影見えて　夏
⑧萌え初めし野の上に月のとどまりて　春

夏発句の部は、祇園社奉納の宗因の独吟に第三を付けるという試み。夏は二句で捨てても、三句続けてもよい。したがって、雑の句であっても、夏の句であってもよいが、発句が神祇の句であり、「民」が人倫であるので、神祇と人倫を避ける必要がある。「なほ奥に人住むらしき道ありて」などは、人倫の差合いがなければぜひ取りたい惜しい句であった。この部は、かなりむつかしかったと見えて、最初に拾いあげた句は少なかったが、その中では優れた句があった。

夏句　蹲踞のいだきし空の深くして
夏句　郭公たしかに聞けと初音して
夏句　ならびたつ白壁の蔵夕映えて

などは、それぞれ一句の働きもあり、変化も見せ、しかも、発句・脇の風格に対峙しているところがよい。

夏句　瀬をのぼる競ひの鮎の影見えて

は、風格という点での対応はないが、前句の「里」をよくとらえている。ちなみに、宗因の第三は、

門毎にたえぬ泉を関かけて

であった。

春発句の部は、春は三句続けなければならないので、まず春の句でなければならない。発句に「船」、「津」という水辺の語があるので、水辺の語は避けなければならない。発句は今井祇園をそれとなく踏まえての句と思われるので、それに戻る句もよくない。脇に、「真東風」、「あけがた」とある付け所をおさえる必要もある。

春句　香りたつ清き白梅やや咲きて

は、「真東風」を受けて「梅」を付けたもので、その中では、この句が、「やや」というところに働きがあり、よく脇に付いている。「かりいほに梅のほころび匂ひきて」も最後まで残していたが、結局は「香りたつ清き白梅やや咲きて」を取り上げることにしたのもそのためである。

春句　薄墨の霞の幕をおしあげて

春句　うぐひすの初音聞きませ窓あけて

いずれも「あけがた」によく付いていて、なかなか気の利いた働きのある句でもある。

春句　萌え初めし野の上に月のとどまりて

は、七句目に詠むべき月をひきあげて春の月を第三にしたのである。現在では、初折表の月は秋の月で詠むのが普通だが、月の座が決まる以前の、ある時期には第三は月と決まっていた時もあり、この句は、脇に非常によく付いているので、あえてとりあげた。

筒井紅舟 評

①　引き鶴の白きつばさの影みえて　春
②　高き峰雲の行方も定まりて　夏
③　若駒の断き四方にこだまして　春
④　蹲踞のいだきし空の深くして　夏
⑤　揚げ雲雀雲のさそひに乗りゆきて　春
⑥　ならびたつ白壁の蔵夕映えて　夏
⑦　百千鳥さへづる郷の豊かにて　春
⑧　しろたへの衣ほす軒のどかにて　春
⑨　峡の空水音高くこだまして　夏
⑩　遠霞はつか茜にかがやきて　春

和語でもって、発句の句材から離れている作品の中から選句するようにいたしました。

【春発句の部】

引き鶴の白きつばさの影みえて

視線を空へ向けた。鶴の白いつばさが浮かびあがってくる。季は仲春、第三として形もよく品位もある。

若駒の断き四方にこだまして

活気ある風景が広がる。

揚げ雲雀雲のさそひに乗りゆきて

のどかな風景に展開した。

百千鳥さへづる郷の豊かにて

春の気分がよくつたわって好ましい。

しろたへの衣ほす軒のどかにて

白い衣が目に浮かび、すがやかである。

遠霞はつか茜にかがやきて

美しくひろがる。脇のこころをよく受けている。

次に採れなかった句で佳作を挙げます。

霞曳く野のひろびろと牛鳴きて

野に山に梅の香りのただよひて

【夏発句の部】

高き峰雲の行方も定まりて

ととのっていて第三にふさわしい。

蹲踞のいだきし空の深くして

視点を近づけた。巧みな句である。

ならびたつ白壁の蔵夕映えて

古風なたたずまいが絵のようである。

峡の空水音高くこだまして

静かな山間を落ちる水音は殊にひびく。

次に佳作を紹介します。

沖つ風あをき頻浪吹き寄せて

谷川のせせらぎの音絶えずして

青簾磯の香りも透すらむ

吹く風に旅の心を誘はれて

仰ぎ見ゆかなたの空に虹映へて（映えて）

朝まだき漁り舟を漕ぎ出でて

川波の清らなる瀬に棹さして

真帆片帆大海原をゆく見えて

他にもよい句があり、選に手間取りました。

鶴崎裕雄 評

春句

若駒の牧を駈けゆく群れなして
梅の香は豊けし原にひろごりて
遠霞はつか茜にかがやきて
光生れ野辺の芽吹きの香に満ちて

夏句

風かよひ空なる星の瞬きて
仰ぎ見ゆかなたの空に虹映へて
豊の海明の光にかがやきて
谷川のせせらぎの音絶えずして

【コメント】

連歌は前句に如何に付くか、何に付くか、いわゆる付け処が連衆は勿論、第三者である読者によく分からなくてはならない。といってベタ付けでは困る。まさに付かず離れずの妙。特に第三は、脇にどのように付くか、しかも発句から如何に離れるかとともに、第三としての格調の高さを重視したい。

　まず消去法で、第三としてふさわしくないもの、例えば、春句では、春は三句続けなければならないのに、第三に夏の季語の蝉時雨やほととぎすを詠んだ句はダメ。夏句では、発句に船と津があり、脇に水辺の句材がないため、第三には水辺の句は詠めないのに、舟人や入海を詠んだ句はダメ。加えて発句や脇のバランスを崩すような、格調の低い句を落とした。ざっと落とした後、発句から離れて、脇によく付いていて、ベタ付きでないという基準で句を選んだ。

　選んだ八句の内、二、三、選評を記しておきたい。

春句　若駒の牧を駈けゆく群れなして

どうも「牧を駈けゆく群れなして」の語調がぎこちない。群れなして駈けゆくというように表現できないものかと考えてみたが、なかなか難しい。しかし駈けゆく若駒は前句の東風が吹く明け方によく付いている。

夏句　風かよひ空なる星の瞬きて

転換の面白い付句である。夏の句ではないが、いかにも涼しさを感じさせる句である。

春句　梅の香は豊けし原にひろごりて
夏句　豊の海明の光にかがやきて

ともに今回の国民文化祭開催の福岡県、豊前国を思わせる「豊けし原」、「豊の海」は嬉しい。発句や脇でないので、表三句から八句には地名の詠み込みなど不要と言えばそれまでだが、言葉遊びの楽しみである。

藤江正謹 評

① 薄墨の霞の幕をおしあげて　春
② 蹲踞のいだきし空の深くして　夏
③ 吹く風に旅の心を誘はれて　夏
④ 川舟に出づる蛍のあと追ひて　夏
⑤ 光生れ野辺の芽吹きの香に満ちて　春
⑥ 木の芽はる雨ゆるるかに降りやみて　春
⑦ 見わたせば野山に春日みちみちて　春
⑧ 若駒は草伏す野辺に駆けゆきて　春

一読しての感慨は、句の水準が昨年に比べ格段に上がったこと。選考には苦しみました。ただ、第三句としての要件は備えたものの、表八句としての条件を満たしていないものが幾つか見受けられました。即ち、漢語の排除を始め、避けるべき句材として挙げられる神祇、釈教、恋、無常、名所などを含むものです。

また、多数の出句をみた「花」については、意見の分かれるところだと思いますが、私見としては、発句に詠まれない場合は、定座（裏の十三句目）に譲るべきではないかと思っています。有文の句としての発句に対する配慮や「花」は特別のものとして惜しむ気持ちを大切にしたいからです。

なお、打越句との関わりでは、春発句の部で、「水辺」や「旅」を、夏発句の部で「人倫」、「植物」（特に緑や木陰など）を排しました。「歌」と「座」・「文」・「声」、「寄る」と居所、「しげらす」と「栄え」・「豊」なども気になるところです。

次に、選考について述べます。

春発句の部では「真東風のあと」の「霞」のあり方、「あけがた」との時間的な符合、「しるき」ものは何か、などを考え選考しました。「薄墨の霞の幕をおしあげて」、「光生れ野辺の芽吹きの香に満ちて」、「木の芽はる雨ゆるるかに降りやみて」などがよかったと思いますが、推薦にはもっとあっさりとした句も採用しました。

なお、法楽の第三としては格に難がありそうですが、「峰落つる雪崩とどろにこだまして」、「み苑生「苗床に小さきみどりの生れそめて」、「み苑生に初蝶の羽開くらん」は面白い展開を期待できそうです。季語としては梅、霞、花、鳥類、若草、若駒が多く扱われていました。

夏発句の部では、「景久し松竹」の不変の繁栄に対し、安定からの脱出を試みる句、継続を願う句、確認しようとする句など、展開の苦労を感じました。「高き峰雲の行方も定まりて」、「水を打つ夕べの慣らひ受け継ぎて」、「川舟に出づる蛍のあと追ひて」、「吹く風に旅の心を誘はれて」、「蹲踞のいだきし空の深くして」などです。また、季については、夏か雑（無季）が求められています。句材では水辺の句が圧倒的に多く、四割強を占めました。

光田和伸 評

応募作の水準はまことに高かった。満足であったが、次の点は今後の課題として残る。用語、発想、叙法に俳諧風を感じさせるものが多かった。これは一見した際の斬新さと分かちがたく重なっているところがある。自作が多数の応募作の中から選ばれるためには、新奇な語彙や目ざましい叙法を取り入れることが必要である、という思いが作者にあったとしてもやむをえない。

事実として、そのような作に強い意欲を感じることが多く、好ましい印象は残った。しかし、その半面で、連歌の第三は、一巻の展開の上で格と響きの高さを最も求められるところである、という原則もゆるがせにはできない。

相矛盾しがちな彼方に、新しい連歌の姿は見えて来るのだろう。第三を募るという試みは、まことに示唆に富む、今後の連歌にとって有意義な試みであったという思いを深くした。

【春発句の部】

発句　船は津に寄りて伝へよ歌の春　　和伸
脇　　真東風のあともしるきあけがた　　宜博

揚げ雲雀雲のさそひに乗りゆきて

天の高みを目指すかと思われた揚げ雲雀がにわかに彼方へと動きを転じる。真東風に付きすぎるくらいだが、連衆にさらなる付句を促す勢いに満ちている。

引き鶴の白きつばさの影みえて

これも「の」を連ねているが、叙法は引き締まっている。曙光の美は「白雪」の句に同じ。「引き」の措辞が速やかな展開を促すようで心地よい。

百千鳥さへづる郷の豊かにて

祝言は本来は発句脇の属性であるが、第三の相伴の座でそれに補うのも一つの展開ではあろう。面白い。

大野ろに百枝の梅の咲き分けて

第三は格調高く、が主眼であるから、一般に万葉語などの使用は避けた方が賢明と思うが、この句は焦点を引き絞り、かつ大景を描ききって、並々ならぬ力量。

ちる花は旅の心につもるらん

いきなり花を持ちだして、最も驚いたのがこの句。宗祇の晩年のような奔放さを感じる。「らん」留めといい、伸びやかな叙法に敬意を表する。

月残る峰の松影霞むらん

これも、異例の春季の月。こちらも「らん」留め。次に付ける作者は面食らうかもしれない。しかし心惹かれる句。

萌え初めし野の上に月のとどまりて

これも春月を出す展開。「真東風のあと」のしるしとして草の芽を配して新鮮。

梅の香の夢の小路にただよひて

発句脇とも屋外の大景を、夢の中の句に転じたところが巧み。恋を誘い気味か。

遠山に残る白雪ほの見えて

こちらも第三の典型の一つ。「白雪」に曙光の当たる景、定番と言えばそれまでだが、やはり美しい。

遠霞はつか茜にかがやきて

第三の作り方の一つの典型であろう。「あけがた」に「茜」と、付きすぎ気味くらいに付けている。

【夏発句の部】
発句　祇園しげらす民の草葉かな　宗因
脇　夏景久し里の松竹　宗因

夕暮れのひと村雨を待ちわびて

「夏景久し」を水無月の本意と見定めての付句。思いの外に少なかったのが、この着想である。「夕暮れの」に空しくまた一日を加えた嘆きがある。質実の句。

郭公たしかに聞けと初音して

宗因の名句「郭公いかに鬼神もたしかにきけ」を大胆に文句取りし、破顔一笑の作となった。発句脇に一歩も譲っていない。座も大いにはずむことであろう。

瀬をのぼる競ひの鮎の影見えて

めずらしいところを、焦点をしぼって付けた。脇の「景」とこの「影」と、重複を認めるかどうか、議論の出るところだと思うが、好句なので目をつむりたい。

川舟に出づる蛍のあと追ひて

この「川舟」は旅ではないが、「蛍のあと追ひて」に伸びやかさがある。うきうきとさせる展開が良い。

高き峰雲の行方も定まりて

平凡な展開に見えるが、「行方も定まりて」には、並々ならぬ工夫がしのばれる。初五で小休止ある調子が、第三としてはやや不満もある。

さやさやと蛍火一つ脱けいでて

「さやさやと」という措辞がやすらかで誠に良い。「脱けいで」は前句の「松竹」に掛かるのであろう。やや前句にもたれていようか。

蹲踞のいだきし空の深くして

庭園などの景か。展開ぶりが意外で、焦点をしぼった叙法も、第三としてはやや異例。しかし近代の工夫として魅力あり。中七は古式であれば「いだける空は」とありたいところ。

豊の海明の光にかがやきて

祝言風の第三。これは「明の光」であるから第七句で月を出すためには障らない。前句の「松竹」との映りが良い。

風かよひ空なる星の瞬きて

雑の句。「風かよひ」は「行合ひの空」をほのめかす表現で、次句に秋を誘っているのであろう。月を付けるべき展開になる。それも一興。

真清水のときはかきはに雫して

これも祝言の句であるが、思わぬものに寄せた面白さがある。磐から真清水は滴っているのであろう。「常磐堅磐」の原意を思えば秀句仕立てでもある。巧み。

【中・高校生の部】

有川宜博 評

①光さす木々に初音のきこえきて　春
②山清水流れる音の涼しくて　夏
③風鈴の音をかなでる風きたり　夏
④鶯の鳴き声響く山の中　春
⑤ところてん心涼しく透き通り　夏
⑥ぬばたまの闇に灯りし蛍の命　夏
⑦桜咲きにぎやかになる川のどて　春
⑧青き空入道雲を仰ぎみて　夏

連歌の付句の場合、句の上手下手を鑑賞することもさることながら、前の句にうまく付いているかどうかがまず選定の基準となる。さらには、打越《うちこし》（前々句）とは違った世界に展開しているか、などが評価の対象となる。絵を描くことを考えるとよい。前句に雲の絵がある。それにただ月の絵を描くと、わざわざまた「雲に隠れた月」と言わなくても雲間の月の絵が出来上がる。次には雲の絵は消え、月の絵だけが残る。それで第三は湖の絵を描いてみる。すると湖に映った月の絵となる（間違っても、月が見えなくて悲しい、などと付けてはいけない。それは、前々句の雲の絵が残ったことになるから）。次に舟を詠むと、湖で釣りをしている舟（これも月を残して夜釣りとしてはいけない）。前句と付句で一つの絵になればいいのだからこれが正解というものはない。要は場面がどんどん展開していくことが大事なのだ。

さて、公募第三。春の部では桜を詠んだ句に良い付けが見られた。それを押さえて第一位は「初音」の句。一般の部に出しても遜色ない。あけがたの光の中に東風に乗って鶯の初音が聞こえてくるという構図がぴったり。夏の部は、前句の夏景から連想は多岐にわたった。「ところてん」の句、透き通りに清涼感が溢れ、ところてんを冷やす清水の音さえ聞こえてくるよう。

なお、上位には音を素材にしたものが入ったのは、これはたまたま今回は第三として必要な展開という点で春・夏ともに絵になりやすかったのかも知れない。

連歌ボックス

当選句と選評

［選評］
高辻安親
有川宜博

行橋駅前とコスメイト行橋に設置された連歌ボックス

＊平成十六年の国民文化祭連歌大会を盛り上げるため、行橋市では、行橋駅、コスメイト行橋の二カ所に連歌ボックスを設置し、市民からの連歌付句を公募し、約十カ月をかけて世吉作品を完成させた。課題作は、プレ大会の入選作第三より始めた。

〝現代連歌発祥の地・ゆくはし〟

連歌大募集

一　見せばやな筑紫京都《つくしみやこ》の八重桜　（五・七・五）　裕雄
二　鄙《ひな》こそよけれ暖かき風　（七・七）　安親
三　さざ波の小舟《おぶね》のゆれものどかにて　（五・七・五）　理恵子
四　（七・七の句）　（あなた）

＊「四」にあなたの七・七の句を付けて下さい。
＊和語（やまと言葉）で。歴史的仮名遣い。
＊直前句「さざ波の小舟の揺れものどかにて」を充分に理解・鑑賞し、この句に立脚してあなたの詩歌世界を展開する。一歩前進。付き過ぎると「べた付け」。
＊発句（見せばやな…）、脇句（鄙こそ…）の句材、句境に戻らない。同じ言葉は勿論使わない。

【締切10月20日】（平成十五年）

発句　一　見せばやな筑紫京都の八重桜　鶴崎裕雄　春＝桜
脇　二　鄙こそよけれ暖かき風　高辻安親　春＝暖かき
第三　三　さざ波の小舟のゆれものどかにて　若林理恵子　春＝のどか
当選句　四　はるか山裾霞み棚引く　山中正博　春＝霞

初回の応募作品は三十名五十七句でした。最初の試みとしては短い期間によく集まったと感謝いたしております。次の「五」は五・七・五の長句です。「一」、「二」、「三」、「四」と春が四句続きましたので、次の「五」は雑《ぞう》（季節に関係のない句）で詠んで下さい。春と秋の句は一旦始まると三句は続けて詠みます。夏と秋は一句で終わってもいい。これを「春・秋は三句以上五句以内、夏・冬は一句以上三句以内」と言います。また「同季は七句去り」。これは、例えば春句が一旦終わったら、七句は他の季節の句か雑の句を入れねば春に戻れません。恋句も七句去り。

このように付句の式目（ルール）がこの他にも色々とあるのは、連歌には次々に変化・展開・発展してゆく原則があるためです。直前の句を充分に理解・鑑賞し、その直前句に立脚しつつ自分の歌を一歩踏み出さねばなりません。二句前、三句前、四句前の句に句材・句境の上で戻るのもいけません。また、直前句にあまりにも付き過ぎた句は「べた付け」と言い、マイナス評価を受けます。連歌は、一つ所に決して留まらず、前に戻らず、ひたすら前進。前句を理解しながら新しく自己の詩歌を展開する。他人の考えに立脚し、真に自由な発想をする場が連歌座です。連歌は意外と「今どき」な世界。

さあ、次の「五」は、「はるか山裾霞み棚引く」にあなたの足を置きながら、かつあなたの詩歌世界を踏み出して下さい。「二」～「四」に戻ってもいけません。

【締切10月27日】

当選句

三　さざ波の小舟のゆれものどかにて　若林理恵子　春＝のどか

四　はるか山裾霞み棚引く　山中正博　春＝霞

五　あるものがあるがまゝなる美しさ　竹本竜二　雑

「五」には十九句の応募がありました。いい句ばかりですが、全体的に句が重い。次の理由で採択できません。残念です。そこでこの辺りの詠み方・付け方について書いておきましょう。

発句（初折の一）から初折八、さらに初折裏一、二までは、大らかに、ゆったりと、用語は和語・雅語だけで詠みます。神祇《じんぎ》・釈教《しゃっきょう》という神様・仏様のこと、恋の句、時事句、人事句はここでは避けます。漢語・外来語などの俳言《はいごん》も。句材は典雅な和語、句境はゆったり、大らかに行きたい。そこで、古賀儀生さん（行橋市）の「もののふの夢翔けし城苔侘びて」は、

「もののふ」、「夢」がここでは重い。黒田邦子さん（椎田町）の「奥深くさがし求めん夢のあと」も、「夢」が。細田美智子さん（小倉北区）の「振袖の美しく見ゆ祝ひ席」の「席」は、一応俳言ですし、恋句くさい人事句です。田中民子さん（行橋市）の「鐘」は釈教です。いずれもよい句であるだけに残念。しかしご安心下さい。初折裏三以降は「俳言解禁、恋・釈教よし」となります。もうしばらくは大らかに。

さあ、次の「六」は、「あるものがあるがま丶なる美しさ」にあなたの足を置きながら、かつあなたの詩歌世界を踏み出して下さい。「一」〜「五」に戻ってもいけません。

【締切11月4日】

四　はるか山裾霞み棚引く　山中正博　春＝霞
五　あるものがあるがま丶なる美しさ　竹本竜二　雑

当選句

六　黄にも赤にも木々色づきぬ　佐伯房子　秋＝木々色づき

連休をはさみ一日募集日程が延びただけで、今回は十七名三十五句の応募でした。次第に連歌らしく手慣れた付句も多くなって、選考にも熱が入っているところです。

今回の採用句は、第五の自然が一番という前句に、第四の遠景とは違った美しさを色彩感覚で示した点を評価したところです。発句に「八重桜」という植物が出ておりますが、ここでは

「同類三句去り」（百韻の場合は植物は五句去りともいわれています）ということで認めました。
次は、「黄にも赤にも木々色づきぬ」に基づき、あなたは一歩前進。

【締切11月11日】

五	あるものがあるがまゝなる美しさ	竹本竜二	雑
六	黄にも赤にも木々色づきぬ	佐伯房子	秋＝木々色づき
七	たかつきの上高だかと丸き月	古賀儀生	秋＝月

当選句

今回の応募は十六名二十五句でした。月の座となった表第七句、月を詠んだ力作が揃いました。当選句は、月を眺めての宴、まさに月の宴です。「たかつき」という言葉にひっかけて、それよりも高々と月が輝いている、という遊び心も少し入っていますが、それを感じさせない立派な句に仕上がっています。
次は、「たかつきの上高だかと丸き月」に基づき、あなたの歌で一歩前進。前句の世界に留まっても、その前に戻っても駄目です。

【締切11月17日】

六	黄にも赤にも木々色づきぬ	佐伯房子	秋＝木々色づき

七　たかつきの上高だかと丸き月　古賀儀生　秋＝月
八　かりがねの列鉤となりつゝ　梶野知子　秋＝かりがね

今回の応募は二十名三十二句でした。月の句を承けて表八句目、やはり秋の句が大前提です。当選句は、月を見上げた視線がそのまま空行く雁の姿を追いかけているという、自然な流れが好感を誘います。

次は「かりがねの列鉤となりつゝ」に基づき、あなたの歌で一歩前進。

【締切11月24日】

七　たかつきの上高だかと丸き月　古賀儀生　秋＝月
八　かりがねの列鉤となりつゝ　梶野知子　秋＝かりがね

初折・裏

当選句　一　水すこしひかへて炊ぐ今年米　大堀純子　秋＝今年米

今回の応募は十七名三十二句でした。初折裏の第一句、初折表では排除していた人事句もOKということで、皆様方のびのびと付け句を楽しまれたようです。前句の空行く雁の姿に対比するかのように、この大地ではいつもの年と変わらぬ人や自然の営みが繰り返されています。

その意味では、皆様全員の付け句が正当性を持っているところでもあります。中でも採用句は、言葉に無駄なく、また句の持つ圧倒的な存在感を評価したところです。
では、直前句に立脚しつつ、あなたの歌で一歩前へ進みましょう。

【締切12月1日】

八　かりがねの列鉤となりつゝ　梶野知子　秋＝かりがね

初折・裏

一　水すこしひかへて炊ぐ今年米　大堀純子　秋＝今年米

当選句
二　来し方思ひつつとさしぐむ　細田美智子　雑

今回の応募は十七名二十九句でした。初折裏の第一句で人事句を採用した関係で、付けの発想も色々と広がったようです。当選句、「来し方を思ふ」には、連歌でいう述懐《しゅっかい》の要素があり、十句目辺りまでは意の強い句は避けようと言ってきた趣旨には若干もとる感もしないわけではありません。ただ、前句「今年米」の作用するところから、今年一年を振り返れば、という理解が可能なので、あえて採用することにしました。「つつと」＝ふっと、という軽い流しも句の重さをやわらげる点ではよく働いています。

【締切12月8日】

初折・裏

一　水すこしひかへて炊ぐ今年米　大堀純子　秋＝今年米

当選句

二　来し方思ひつつとさしぐむ　細田美智子　雑

三　何処よりかかそけき笛の音のひびき　岡部　純　雑

今回の応募は十八名二十八句でした。今回は、前句の「思ひ」をめぐって様々な思惑が入り乱れたと言うことができましょう。待ちかねたように吹き出す皆さんの情感がよく示された裏第三の応募付け句でした。その中で当選句は、もっとも前句の「思ひ」には離れた付けだと言えるかもしれません。それでもしかし、ちゃんと前句の状況には対応しているというのが今回の採用のミソあるところです。まだまだ先は長いよ、というところ。

【締切12月15日】

二　来し方思ひつつとさしぐむ　細田美智子　雑

三　何処よりかかそけき笛の音のひびき　岡部　純　雑

当選句

四　豊旗雲の西へなびける　三神あすか　雑

今回の応募は二十名三十四句でした。今回は、前句の「笛の音」とどう対話をしたか、が焦点でした。その対話の対象に優劣があるわけではありません。それぞれの発想で付け句を楽しんでいただいたようです。当選句は、笛の音のひびきに誘われるように美しい豊旗雲が西になびいている、と応じたものです。豊旗雲という言葉の選択も申し分ありませんし、「旗」に呼応して「なびく」としたのもそつのないところでしょう。何よりも兵庫県の方から「西へなびく」と詠まれたことには、行橋公募連歌の趣旨をくすぐるものがあります。

直前句を充分に理解・鑑賞し、この句に立脚しつつ、あなたの歌で一歩前へ進みましょう。もちろん二句、三句、四句前と同類・等質の句材、句境に戻ってもいけません。連歌は「戻らず、留まらず」が付け句の原則です。前へ、前へ。ここでは雑句が三句続いていますので、冬か夏の句が欲しい。

【締切12月22日】

三　何処よりかかそけき笛の音のひびき　　岡部　純　雑
四　豊旗雲の西へなびける　　三神あすか　雑
当選句　五　風しづむ宮のきざはし玉霰　　羽廣竹夫　冬

今回の応募は十九名三十二句でした。今回は、いわゆる遣句（前句を軽く受け流し、次の句への橋渡しとなる句）の要素の強い前句への付け方に、多少の戸惑いがあったかもしれませんが、投稿句には力作が揃いました。その中からの採用句、荒ぶる神素戔嗚尊を祀る須佐神社はまさに風しずむ宮、西へたなびく雲が運んだ玉霰がここに吹き留まったのだと付けたもの。石段（当地ではこれを百段雁木と呼んでいます）にころがる玉霰の風情もよく生きています。宮とあって神祇の句。

【締切1月5日】（平成十六年）

当選句

四　豊旗雲の西へなびける　　三神あすか　雑
五　風しづむ宮のきざはし玉霰　　羽廣竹夫　冬
六　歳徳の神呼ぶ初明り　　戸次親純　冬

今回の応募は二十三名三十四句でした。当選句は、あらたまの年初めにふさわしい一句となりました。初明り、通常は新年の季語。須佐の連歌の会では一月十一日の初連歌の会でのみ新年の季語をたてて発句を頂戴しますが、ここでは特に、新年の季として扱うのではなく冬の季語と認定しています。

【締切1月12日】

五　颪しづむ宮のきざはし玉霰　羽廣竹夫　冬
六　歳徳の神呼ぶ初明り　戸次親純　冬
七　姿見に君の名前をそつと書き　中島笙子　恋

当選句

今回の応募は二十四名三十九句でした。少しずつ新しい投稿者が増えているのは嬉しい限りです。皆様からもお誘いいただいているのだと有難く存じます。今回の当選句は、前句との付け味からすれば、かなり離れた感じがするかも知れませんが、情景がよく伝わってまいります。またこの辺り、少し軽みが欲しいところでもあり、「そつと書き」という俳言を採用しました。あらたまる年の初め、初明りの中、鏡に写った自分の姿にあなたの名前を重ねてみる。今年こそは、という祈るような乙女心が切なくもあります。前句があってこそ、より生かされた句ということでしょうか。これも連歌ならではの付けの妙味です。

【締切1月19日】

六　歳徳の神呼ぶ初明り　戸次親純　冬
七　姿見に君の名前をそつと書き　中島笙子　恋
八　こととひ行かむ逢坂山に　足利温子　雑

当選句

今回の応募は二十八名四十二句でした。今回の当選句の逢坂山、東海道の要所で逢坂関が置かれていた。関は早く廃止されたが、歌の世界では男女の出逢いに掛けて多用される。連歌では、このような地名を名所《などころ》と言い、世吉《よよし》に一句は必ず詠み込みます。ここでは前句の軽みをどう処理するのかが問題でしたが、採用句は「に」留めでその軽さを承けつつ、「行かむ」とすることで前句との付け味を出しています。それゆえ逢坂山という名所も、若者のしゃれた隠語的感覚として作用しているようでさえあります。

【締切1月26日】

七　姿見に君の名前をそつと書き　　中島笙子　　恋
八　こととひ行かむ逢坂山に　　足利温子　　雑
九　空は青番ひの蝶はゆれゆれて　　泉喜代子　　春

当選句

今回の応募は二十四名三十二句でした。当選句、「番ひ」とありますが、恋の句ではありません。恋句とは男女の仲をあらわすもの。前句を意識しての「番ひ」で、恋離れの句。上手に離れたかな、という感じ。言うまでもなく付意は「番ひの蝶」に誘われるように私も逢坂山へ。

【締切2月2日】

八　こととひ行かむ逢坂山に　足利温子　雑

九　空は青番ひの蝶はゆれゆれて　泉喜代子　春

当選句　十　あなたこなたと移る囀り　中島伊佐子　春

今回の応募は二十六名四十句でした。当選句は、前句の蝶の舞に誘われるように、姿の見えない鳥の囀りが木の間を移動しているという付け。奇をてらわない素直な付け。いわゆる遣句に類しますが、ここでは「移る」がよく働いています。

【締切2月9日】

九　空は青番ひの蝶はゆれゆれて　泉喜代子　春

十　あなたこなたと移る囀り　中島伊佐子　春

当選句　十一　花おぼろそよと吹けかし宵の風　田中民子　春

第十一への応募は二十九名四十六句でした。前回の講評をヒントに花の句が圧倒的でした。やっぱりどう考えても、ここは花にするのが順当なところでしょう。世吉には二句、百韻だと四句は必ず花の句が詠まれます。これまでにいったいどれだけの花の句が詠み出されたのでしょうか。それでもなお尽きることがないのが花の句。同じような表現の句が登場するのも仕方ないかも知れませんが、花の句を花の句としてどう処理していくのかは、連歌の醍醐味でもあります。

当選句、何かぼんやりと薄明かりの残る中に桜の花がおぼろげに揺れている。風にかすかに揺れることで、花が群れとしておぼろに映る、というしっかりとした構成でありながら、理屈っぽくないのは、「そよと吹けかし」としたことによりましょう。春の宵の穏やかで暖かな風への願望。これ以上、強くても弱くてもいけないのです。「同語五句去り」で、一応風もセーフ。ただ、風三回目というのは気にならないわけではありません。

【締切2月16日】

十　あなたこなたと移る囀り　　中島伊佐子　春
十一　花おぼろそよと吹けかし宵の風　　田中民子　春

当選句　十二　火点しの爺月を思ひつ　　椎木孝夫　秋＝月

今回の応募は二十八名四十三句でした。当選句は、前句「花おぼろ」を承けての「火点しの爺」がぴったり。花咲爺の説話に代表されるように、花の精は老翁の姿だとか。また、花は夕から宵にかけての火点し頃に蕾を開くともいわれています。

【締切2月23日】

十一　花おぼろそよと吹けかし宵の風　田中民子　春

十二　火点しの爺月を思ひつ　椎木孝夫　秋＝月

当選句　十三　遠砧かのあたりには人住まず　高瀬美代子　秋＝砧

今回の応募は二十五名三十九句でした。当選句は、はて、人の住んでいないはずの所から砧の音が聞こえてくるよ、いかにも鄙びた里にふさわしい砧の響き。それを「遠砧」としたのもいい。前句との付けでは「火点しの爺」がこれを聞き及んでいる状況になりますが、その寂しさの余りに月よ、早くと思う気持ちにも呼応した付けに仕上がっています。

【締切3月1日】

十二　火点しの爺月を思ひつ　椎木孝夫　秋＝月

十三　遠砧かのあたりには人住まず　高瀬美代子　秋＝砧

当選句　十四　たゞりんりんと鈴虫の鳴く　上畑良博　秋＝鈴虫

今回の応募は二十九名四十句でした。当選句、「人住まず」と言い切る前句に、ただ淡々と虫の声が、と景の句。それも鈴虫というのが遠砧の音をよく生かしている。蝶とは四句去り、囀りとは三句去り。ここでは今井の作法「同類三句去り」を適用。この句自体は、遣り句。

【締切3月8日】

十三　遠砧かのあたりには人住まず　高瀬美代子　秋＝砧
十四　たゞりんりんと鈴虫の鳴く　上畑良博　秋＝鈴虫

名残折・表

当選句　一　やうやうに置く玉露のこぼれたり　井上由希子　秋＝露

今回は二十八名四十二句応募。いずれも佳句。当選句は、前句を承け、美しい情景を描き出しています。ようやく玉と育った露が鈴虫の鳴く音の振動でこぼれたとも考えられますし、そのはかない定めが我が事でもあることを知ってか知らずか、ただひたすら今を懸命に鳴く鈴虫という姿もいいですね。虫に露を付けることによって生まれる効果。打越《うちこし》の「十三」、二句去りの「十二」が重い句ですので、前句「十四」同様に「景」の句を採りました。

次は秋を捨てて雑《ぞう》（季の無い句）でいかが。

【締切3月15日】

十四　たゞりんりんと鈴虫の鳴く　上畑良博　秋＝鈴虫

名残折・表

一　やうやうに置く玉露のこぼれたり　井上由希子　秋＝露
二　宇宙のめぐみ地にとどきつく　宮内千恵子　雑（俳言）

当選句

今回の応募は二十五名三十八句でした。当選句は、前句の「玉露」を宇宙からの贈り物としたところ。「こぼれたり」で「地にとどきつく」と洒落ています。一粒の露に全宇宙が宿るとする禅のような境地も漂わせています。

【締切3月22日】

名残折・表

一　やうやうに置く玉露のこぼれたり　井上由希子　秋＝露
二　宇宙のめぐみ地にとどきつく　宮内千恵子　雑（俳言）
三　ささくれの枝をあやめし止めじるし　田島大輔　雑

当選句

今回の応募は二十六名三十五句でした。「ささくれの枝」もそれはそれとして宇宙のめぐみ。それをいいことにしてかどうかは別として、わざわざ何かの止めじるしに手折った者がいる。さて、地に届きついたものは手折られた枝？　いえ、そうではありません。それは折った者の品位、まさに「地に落ちた」もの。ちょっと冒険した付けではありますが、あえて採択しました。前句の作者はもちろん、付句をひねる皆さん誰もが予想しなかった解釈がそこにはあります。〝前句の解釈は付ける者の権利〟、あっと驚く解釈があってもいいのです。二句の間の付けの妙味も連歌の大事な要素。それと同じように三句にわたっての付けの展開もまた連歌の楽しみです。

【締切3月29日】

二	宇宙のめぐみ地にとどきつく	宮内千恵子	雑（俳言）
三	ささくれの枝をあやめし止めじるし	田島大輔	雑
四	安宅の関はげに越え難き	佐伯房子	雑（名所）

当選句

今回の応募は二十二名三十句でした。安宅の関、言うまでもなくあの勧進帳の舞台です。関守富樫が「止めじるし」というわけ。今回の付けは、「あやめし」という前句の処理がたいへん難しかったかも知れません。このようなものは、理屈で説明しようとして付け句を考えても、ぴったりというわけにはいかないものが往々にして見られます。その点では、採用句は、疑いの目を避けるため主人を金剛杖で叩くという物語性の中でこの「あやめし」をうまく処理するのに成功した、と言えるのではないでしょうか。理屈で付けてもうまくはいかなかった、と言えるかも。
次の長句五・七・五は夏季に行ったらいかが。

【締切4月5日】

三　ささくれの枝をあやめし止めじるし　　田島大輔　　雑
四　安宅の関はげに越え難き　　佐伯房子　　雑（名所）
当選句
五　仰ぎみる雲の流れに汗ぬぐふ　　村山木乃香　　夏＝汗

今回の応募は二十八名三十九句でした。当選句は、雲はゆうゆうと関を越えているのに、自分は越え難き関所を前にして額の汗をぬぐっていますよ、という付け。
直前句を充分に理解・鑑賞し、それに基づきつつ、あなたの句では前句には少し離れて一歩前へ。次は、夏をもう一句続けるか雑でしょう。打越（二句前の「安宅…」）はかなり重い句ですから、ここら辺りはさらりと詠んで下さい。俳言はもうこの面（名残表十四まで）では使えません。

【締切4月12日】

四　安宅の関はげに越え難き　　佐伯房子　　雑（名所）

当選句

五　仰ぎみる雲の流れに汗ぬぐふ　　村山木乃香　　夏＝汗
六　ひとりゐの家帰るに早し　　古海昌子　　雑

今回の応募は三十名四十二句でした。当選句は、一仕事を終えさて家路へと、とは思うもののどうせ独り身、陽の残るこの時間に帰るのも何だか侘びしい？「早し」という言葉の選択が大成功。全く無視したかに見える前句の「流るる雲」や「汗」もよく生きています。

【締切4月19日】

五　仰ぎみる雲の流れに汗ぬぐふ　　村山木乃香　　夏＝汗
六　ひとりゐの家帰るに早し　　古海昌子　　雑

当選句

七　われ淋し夜のしじまに君を待つ　　上畑ヨシ子　　雑・恋＝夜

今回の応募は二十七名四十一句でした。当選句は、帰っても独りだし、君を待つ夜のしじまもまた淋しい、とせつない心根がこだまするような付けです。今回は、恋の句をというこちらからの所望により恋句の競演、楽しませていただきました。恋の句を詠めばだいたい前句には付いているというのも有利な状況でした。

恋をもう一句詠むか、またはこの前四句で人事・人倫くさい句（越え難き、汗ぬぐふ、ひとりゐ、君を待つ）が続いているので、次には恋をすっぱり捨てて景の句でゆくかでしょう。

【締切4月26日】

六　ひとりゐの家帰るに早し　古海昌子　雑

七　われ淋し夜のしじまに君を待つ　上畑ヨシ子　雑・恋＝夜

八　いつしか雨の降る音加はる　小林善帆　雑（降物）

当選句

今回の応募は三十名四十一句でした。当選句は、前句に「淋し」という感情が示されていますので、雨音と詠むだけで付け句としては充分に働いています。また「いつしか」がその淋しさを一層かきたてるようです。今回もよい句が多く、迷いました。特に「星」の句については、よい句が多く採りたかったのですが、二句去りで「雲」あり残念。この句自体は景の句ですが、前句待ちわびるに雨音まで加わる淋しさ、よく付く。

次も景句がよろしいか。

【締切5月10日】

七　われ淋し夜のしじまに君を待つ　上畑ヨシ子　雑・恋＝夜

八　いつしか雨の降る音加はる　小林善帆　雑（降物）

当選句　九　舫ひ舟叩く凩休みなく　　島野洋助　　冬＝凩

今回の応募は三十二名四十五句でした。当選句は、凩に雨の音まで加わって、と前句に付けたものですが、その凩が舟を叩くとしたところで、句に働きが出て付句としての展開をみせています。「休みなく」も前句によく反応したと言えるでしょう。

次句は、「八」、「七」、「六」にある等質語・同類語、句境に戻ってはいけません。ここら辺りになると、挙句までの季の配分ができるようになります。次「十」では「雪」が欲しいが、打越に「雨」があり雪は駄目。この一巻では普通の雪は詠めないか。次は冬か雑で景句。十三は他季（秋以外）の月か、ただ「月」（秋）。ただ「月」なら裏一まで秋。そして裏「六」〜「八」は春となりましょう。

【締切5月17日】

八　いつしか雨の降る音加はる　　小林善帆　　雑（降物）
九　舫ひ舟叩く凩休みなく　　島野洋助　　冬＝凩
十　軋みてゐたる雪吊の縄　　筒井みえ子　　冬＝雪吊

当選句

今回の応募は二十七名四十句でした。前回、「十」では「雪」が欲しいが打越に「雨」があり雪はそのままでは詠めないと書きましたところ、応募者は色々と苦心してくれました。みえ子さん「雪吊」は雪そのものではないということで戴きました。もっとも打越だけに、この理屈がいつも通るわけではありません。音感世界が続いています。

次は非音感で、雑。十三はただ「月」となりそう。

【締切5月24日】

九　舫ひ舟叩く凩休みなく　島野洋助　冬＝凩

十　軋みてゐたる雪吊の縄　筒井みえ子　冬＝雪吊

当選句　十一　城潰えここだの思ひとどむ石　田下マサギヌ　雑

今回の応募は三十四名四十一句でした。当選句、ここだ＝幾許＝こんなにたくさんの。「思ひをとどむ」で述懐の句。幾多の栄枯盛衰を見守ってきた石（石垣でも庭石でも）や立木。軋んでいるのは時代に翻弄された人々の情念か。

直前句の「思ひ」をどう承けとめるかは、あなたの勝手。さあどうなる。楽しみです。次の次「十三」では月を詠んで下さい。ただ「月」と詠めば秋の月。それがいい。「十三」で秋（月）に行くか、「十二」から秋に入るか、これもあなたの勝手。

【締切5月31日】

十　軋みてゐたる雪吊の縄　筒井みえ子　冬＝雪吊

十一　城潰えここだの思ひとどむ石　田下マサギヌ　雑

当選句　十二　入相の香のところどころに　古海眞人　雑

今回の応募は三十名四十四句でした。当選句は、まさに日が沈まんとするさなか、昼と夜とのはざまに生じる独特の雰囲気を香りとしてとらえたもの。前句に引き付けると、それは潰えし物から発せられたものかも知れない。「ところどころ」として、「思ひをとどむ」が生きてくる付け。嗅覚表現が初めて出ました。

次は月の句がいい。ただ「月」と詠めば秋となります。「月さはやか」とか「紅葉に映ゆる月」のように、「さはやか」、「紅葉」と他の秋の季語を入れない。この辺りから挙句に至るまでは、刺激的な句材・句境は避けます。人事句・時事句、もちろん俳言は悪い。景の句が好ましい。

【締切6月7日】

十一　城潰えここだの思ひとどむ石　田下マサギヌ　雑

十二　入相の香のところどころに　古海眞人　雑

当選句　十三　道すがら見上ぐる山に月かかり　　山中美和　　秋＝月

今回の応募は二十九名四十五句でした。「入相」とありましたから月は出やすいところ。また、「そろそろ連歌に戻ろう」といって、これまで認められてきた俳言なども排除し始める場所ですので、あまり凝った句も必要ありません。その意味で今回の採用句、いわゆる遣句です。「月」を詠み終えました。「二花三月《にかさんげつ》」で、この一巻ではもう月はなく、名残折裏七で「花」を詠むだけ。次句も、その次の名残折一も、秋を続けます。いよいよ最後の仕上げ段階。次から挙句に至る九句はすべて和語で。穏やかに、大らかに、悠々と。景の句がいい。

【締切6月14日】

十二　入相の香のところどころに　　古海眞人　　雑
十三　道すがら見上ぐる山に月かかり　　山中美和　　秋＝月
十四　二重の虹が秋の野にたつ　　中西輝磨　　秋

当選句　十四　二重の虹が秋の野にたつ

今回の応募は四十三名五十八句でした。当選句は、山には月、野には虹という姿。いずれも光物《ひかりもの》。「虹」は通常夏季ですが、ここでは秋の野が生きますので秋の虹となります。「二重の虹が秋の野にたつ」は前句の月を昼月としています。

次は、この句を充分に理解鑑賞し、かつあなたの歌世界を展開して下さい。いよいよ最終段階です。この辺りから最後の挙句までは和語でゆったりと、穏やかに、なるべく景の句で詠み進みましょう。

【締切6月21日】

十三　道すがら見上ぐる山に月かかり　山中美和　秋＝月
十四　二重の虹が秋の野にたつ　中西輝磨　秋

名残折・裏

当選句

一　落鮎の水の如くに通りける　川村順昭　秋

今回の応募は四十名五十六句でした。当選句は、野を流れる川へと視点が移りました。産卵をひかえ、身を隠すように流れに同化する鮎の姿が印象的です。前句の空には虹、も効果的に働いています。

次は、景の句を和語で詠んで付ける。刺激的なのは駄目。それにしても、皆さんが随分連歌に精通したことよ。

【締切6月28日】

十四　二重の虹が秋の野にたつ　中西輝磨　秋

当選句

名残折・裏

一　落鮎の水の如くに通りける　川村順昭　秋

二　椎の洞ろに醸す猿酒　高松正水　秋

今回の応募は四十五名六十句でした。最後まで「あと追ひゆきし紅葉ひとひら」、「雁浮く水尾の波たたなはる」も残りました。惜しい。なぜ避けたか考えてみて下さい。当選句は、川岸の林です。鮎を肴に酒というわけではありませんが、こちらでは自然発酵の酒が醸し出されていています、という付け。飲食物、結構出にくいもの。今年米についで二句目。酒はやはり欲しい。

【締切7月5日】

当選句

名残折・裏

一　落鮎の水の如くに通りける　川村順昭　秋

二　椎の洞ろに醸す猿酒　高松正水　秋

三　蔵垣がわづかに残る村はづれ　角野豊子　雑

今回の応募は三十八名五十八句でした。当選句は、むかしの酒蔵は潰え、それにかわって今では椎の洞ろで酒が自然発酵している、という付け。もちろん、第三の付句、酒蔵と限る必要はありません。

【締切7月12日】

二　椎の洞ろに醸す猿酒　高松正水　秋
三　蔵垣がわづかに残る村はづれ　角野豊子　雑
四　寄する上風畦にあまねし　藤田和雄　雑

当選句

今回の応募は三十九名五十六句でした。当選句は、畦に生う雑草の上を吹く風なのでしょう。「七」の花を考慮し草木などの植物《うえもの》を出さないようにということで、上手に外しています。「村はづれ」と畦、付きすぎるぐらいかも。「あまねし」とすることで、この畦の縦横無尽に走る様子が手にとるように。

【締切7月19日】

三　蔵垣がわづかに残る村はづれ　角野豊子　雑
四　寄する上風畦にあまねし　藤田和雄　雑

当選句　五　まほろばの夕空高く匂ひたち　　　　　矢崎義人　　雑

今回の応募は三十六名五十二句でした。当選句、この場合の匂いはもちろん香りではありません。あかねづいた雄大な空のありさまが目に浮かぶようです。「まほろば」で畦を承け、前句の「風にあまねし」にぴったりの呼吸。

次は花前《かぜん》の句ですから、その次の「七」で花を詠みやすいような句を付けるのがいいかも知れません。もちろん春の句です。連歌はいくら解説書を読んでも分かりません。こうした実作を重ねることが上達の近道。

【締切7月26日】

四　寄する上風畦にあまねし　　　　藤田和雄　　雑
五　まほろばの夕空高く匂ひたち　　矢崎義人　　雑
六　いささ小川の春のささやき　　　岡部　純　　春

当選句

今回の応募は三十五名四十九句でした。当選句は、前句の「匂ひたち」に「ささやき」と合わせたところが妙。五感もいい。花前ということで、あまり凝らないで次の花を生かすことも大事。よく「花を持たせる」と言うでしょう。この現代表現は連歌の花から出たもの。それほど花の句を詠むのは誇らしく名誉なことなのです。

さて、およそ華やかなものは皆「花」なのですが、ここは桜花がいいでしょう。ただし「桜」と言わない方がいい。ただ「花」と詠めば桜花のことで、桜を入れる必要はありません。花をぱっと咲かせて下さい。いよいよ完了間近。ぐっと盛り上げて下さい。連歌上手の出現を切望します。

【締切8月2日】

五　まほろばの夕空高く匂ひたち　矢崎義人　雑
六　いささ小川の春のささやき　岡部　純　春
七　寝てみるが最高とすすめし花の守　上畑ヨシ子　春

当選句

今回の応募は三十七名五十五句でした。前句の「ささやき」という擬人語が生み出した句と言えましょう。この「花の守」、まさに花の精。全くの人事句でありながら、それを感じさせない。イメージとして残るのは、空の青さを背景に、それをまた覆い尽くすように広がる花の群れ。前句がなければ、こうはいかなかったでしょう。

いよいよ次は挙句《あげく》（揚句とも書きます）。今井連歌の挙句は「めでたく春季を帯びて漢字留め」。春を詠み、最後の結語が漢字、即ち体言で留めます。この原則の説明、波及効果は別にかなり詳しく述べました（226ページ）。この二十年間だけでも当地で千種の挙句を詠んでいます。今回は斬新・順雅な句が欲しい。歴史に残る名挙句を待つや切。

【締切8月9日】

六　いささ小川の春のささやき　　岡部　純　春

七　寝てみるが最高とすすめし花の守　　上畑ヨシ子　春

当選句　八　弥生名残の寿《ことほぎ》の舞　　八尋千世　春

今回の応募は三十三名四十九句でした。当選句は、咲き誇る花の下にて、それを寿ぐようにいつ果てるともなき舞。前句、「寝て見る」のは花でもあり舞でもあるわけです。九カ月余に及んだ連歌ボックスへの名残も兼ねて、今回は特に意匠を含んだ挙句となりました。皆様のお陰で、私も一時の夢を見させていただいたようなもの。

さて、ここに世吉四十四句が無事満尾《まんび》いたしました。ご投稿いただきましたすべての皆様方に篤くお礼申し上げます。もともと、地元でも本大会を盛り上げようと計画された連歌ボックスでしたが、遠来の連歌巧者の方々のご参加で大変盛り上がり、また地元勢も日増しに上達。採用の比率はほぼ拮抗することとなりました。あらためて深甚の謝意を申し上げます。

ここでお詫びを。この選評、高辻宗匠の名前になっておりますが、大方は有川が執筆いたしました。未熟な点はひとえに有川の責任。幾重にもお詫び申し上げます。

「付け句に解釈は要らぬ」が高辻宗匠の教え。ことさら選評を加えることは宗匠の好まれないところでした。それでは投稿者の皆様に相済まぬという事務局からの要望もあって、あえて有川が宗匠の名を騙ったところ。日頃、昵近《じっきん》にて受ける教えのそのままに、できるだけ宗匠の語り口を思い出しながら書かせていただきました。最後の拠り所は今井の作法でしたが、慣れない皆様には何のことやら、かも知れませんでしたね。これを機会に、一度、例会で今井の作法を経験していただければ幸いです。

最後に、毎週毎週、投稿句の取りまとめに尽力いただいた事務局サイド安藤連理・奥さなえさんには感謝申し上げます。

では、皆様方には十一月の本大会でお目にかかれることを楽しみにしつつ、擱筆させていただきます。ありがとうございました。

平成十六年八月十一日

行橋連歌大会企画委員会
委員長　高辻安親（須佐神社連歌の会主宰）
代　有川宜博（須佐神社連歌の会執筆）

平成十五年十月一日から平成十六年八月九日
於　行橋駅構内・コスメイト行橋

ボックス連歌

賦何色

一　見せばやな筑紫京都の八重桜　裕雄　大阪府狭山市
二　鄙こそよけれ暖かき風　安親　福岡県行橋市
三　さゞ波の小舟のゆれものどかにて　理恵子　大阪府枚方市
四　はるか山裾霞み棚引く　正博　福岡県行橋市
五　あるものがあるがまゝなる美しさ　竜二　福岡県行橋市
六　黄にも赤にも木々色づきぬ　房子　福岡県行橋市
七　たかつきの上高だかと丸き月　儀生　福岡県行橋市
八　かりがねの列鉤となりつゝ　知子　大阪府枚方市

初折・裏

一　水すこしひかへて炊ぐ今年米　純子　福岡県京都郡豊津町
二　来し方思ひつつとさしぐむ　美智子　福岡県北九州市
三　何処《どこ》よりかかそけき笛の音のひびき　純　岐阜県揖斐郡揖斐川町
四　豊旗雲の西へなびける　あすか　兵庫県芦屋市
五　颪しづむ宮のきざはし玉霰　竹夫　福岡県行橋市
六　歳徳の神呼ぶ初明り　親純　福岡県行橋市
七　姿見に君の名前をそつと書き　笙子　佐賀県三養基郡基山町
八　こととひ行かむ逢坂山に　温子　福岡県福岡市
九　空は青番ひの蝶はゆれゆれて　喜代子　福岡県行橋市
十　あなたこなたと移る囀り　伊佐子　福岡県太宰府市
十一　花おぼろそよと吹けかし宵の風　民子　福岡県行橋市
十二　火点《ひとも》しの翁《ぢい》月を思ひつ　孝夫　福岡県行橋市
十三　遠砧《とほきぬた》かのあたりには人住まず　美代子　福岡県太宰府市
十四　たゞりんりんと鈴虫の鳴く　良博　福岡県行橋市

名残折・表

一　やうやうに置く玉露のこぼれたり　由希子　福岡県京都郡豊津町

二　宇宙のめぐみ地にとどきつく　千恵子　福岡県築上郡椎田町

三　ささくれの枝をあやめし止めじるし　大輔　福岡県京都郡苅田町

四　安宅の関はげに越え難き　房子　福岡県行橋市

五　仰ぎみる雲の流れに汗ぬぐふ　木乃香　福岡県糟屋郡須恵町

六　ひとりゐの家帰るに早し　昌子　福岡県北九州市

七　われ淋し夜のしじまに君を待つ　ヨシ子　福岡県行橋市

八　いつしか雨の降る音加はる　善帆　滋賀県大津市

九　舫《もや》ひ舟叩く凩《こがらし》休みなく　洋助　福岡県福岡市

十　軋《きし》みてゐたる雪吊の縄　みえ子　福岡県行橋市

十一　城潰えここだの思ひとどむ石　マサギヌ　福岡県行橋市

十二　入相の香のところどころに　眞人　福岡県北九州市

十三　道すがら見上ぐる山に月かかり　美和　福岡県行橋市

十四　二重の虹が秋の野にたつ　輝磨　山口県下関市

名残折・裏

一　落鮎の水の如くに通りける　　順昭　静岡県沼津市
二　椎の洞ろに醸す猿酒　　正水　岐阜県揖斐郡揖斐川町
三　蔵垣がわづかに残る村はづれ　　豊子　大阪府池田市
四　寄する上風畦にあまねし　　和雄　福岡県行橋市
五　まほろばの夕空高く匂ひたち　　義人　長野県諏訪市
六　いささ小川の春のささやき　　純　岐阜県揖斐郡揖斐川町
七　寝てみるが最高《よし》とすすめし花の守　　ヨシ子　福岡県行橋市
八　弥生名残の寿《ことほぎ》の舞　　千世　福岡県太宰府市

＊この「世吉連歌」（四十四句）は、平成十五年の十月一日から平成十六年の八月九日までの約十カ月間、「連歌ボックス」に投稿された入選作品によって完成したものです。

＊「連歌ボックス」の活字化にあたっては、紙数の関係から、毎回の選評に紹介させていただいておりました応募句を省略いたしました。最後に、投稿していただいた方々のお名前と出身地を列記し、感謝にかえたいと思います（50音順）。

足利温子　福岡県福岡市
天野和子　福岡県北九州市
有坂千嘉子　福岡県北九州市
有永和也　福岡県行橋市
有吉ミチ子　福岡県京都郡苅田町
安藤千穂　東京都武蔵野市
安藤東三子　福岡県行橋市
池田鶴代　島根県松江市
池本優美　福岡県行橋市
石角　道　福岡県行橋市
石田貞子　大阪府大阪市
泉喜代子　福岡県行橋市
井上由希子　福岡県京都郡豊津町
上畑ヨシ子　福岡県行橋市
上畑良博　福岡県行橋市
江口來童　神奈川県横浜市

大原　霞　福岡県京都郡豊津町
大堀純子　福岡県京都郡豊津町
岡部　純　岐阜県揖斐郡揖斐川町
皆尺寺伸子　福岡県行橋市
垣上常子　福岡県行橋市
加来光吉　福岡県行橋市
梶野知子　大阪府枚方市
門田テル子　福岡県行橋市
要　貴志　福岡県築上郡築城町
神村多喜雄　福岡県遠賀郡岡垣町
川上美江子　福岡県北九州市
川端和樹　大分県中津市
川村順昭　静岡県沼津市
木下圭子　福岡県北九州市
木下美穂子　福岡県北九州市
木村文之　福岡県糟屋郡志免町

木本紀代美　福岡県行橋市
黒田邦子　福岡県築上郡椎田町
黒田俊男　福岡県行橋市
古賀儀生　福岡県行橋市
古賀ひとみ　福岡県行橋市
小坪幸一　福岡県行橋市
小林善帆　滋賀県大津市
佐伯房子　福岡県行橋市
坂井とう子　岡山県岡山市
坂本純子　福岡県京都郡苅田町
櫻田良子　福岡県行橋市
佐竹アツ子　福岡県北九州市
椎木孝夫　福岡県行橋市
島野洋助　福岡県福岡市
志村美子　福岡県福岡市
下垣内和人　広島県呉市

白石君子　福岡県行橋市
白石啓子　福岡県北九州市
進　之津　三重県四日市市
菅原秀雄　福岡県宗像市
角野豊子　大阪府池田市
髙尾洋子　福岡県行橋市
髙瀬美代子　福岡県太宰府市
髙松正水　岐阜県揖斐郡揖斐川町
田口浩吉　福岡県福岡市
竹本竜二　福岡県行橋市
田崎道子　福岡県太宰府市
田下マサギヌ　福岡県行橋市
田島大輔　福岡県京都郡苅田町
田中民子　福岡県行橋市
筒井みえ子　福岡県行橋市
恒成美代子　福岡県福岡市
友石正次　福岡県北九州市
中川都美子　福岡県京都郡犀川町
中島伊佐子　福岡県太宰府市
中島笙子　佐賀県三養基郡基山町

中西輝磨　山口県下関市
中野カヅエ　福岡県行橋市
西田　静　福岡県行橋市
野川真梨乃　福岡県行橋市
灰崎マサエ　福岡県京都郡苅田町
花田恒久　福岡県北九州市
羽廣竹夫　福岡県行橋市
藤田和雄　福岡県行橋市
藤村有紀　福岡県行橋市
古海昌子　福岡県北九州市
古海眞人　福岡県北九州市
戸次親純　福岡県行橋市
細田美智子　福岡県北九州市
本宮知也　福岡県京都郡犀川町
本田信道　福岡県中間市
前田悦子　大阪府豊中市
前田直美　福岡県行橋市
松井朋美　福岡県行橋市
松清ともこ　福岡県京都郡豊津町
松村淑子　大阪府豊中市

三神あすか　兵庫県芦屋市
宮内千恵子　福岡県築上郡椎田町
宮原みち子　福岡県筑後市
三輪三佐子　福岡県行橋市
村山木乃香　福岡県糟屋郡須恵町
村山寿朗　福岡県筑紫野市
森田大進　福岡県行橋市
森友敦子　福岡県行橋市
八阪カオル　福岡県行橋市
矢崎義人　長野県諏訪市
安武晨子　福岡県行橋市
柳原初子　福岡県行橋市
八尋千世　福岡県太宰府市
山崎幸ヱ　福岡県行橋市
山下喜代子　福岡県行橋市
山田千鶴子　福岡県行橋市
山中正博　福岡県行橋市
山中美和　福岡県行橋市
湯沢忠義　福岡県福岡市
米田　清　福岡県行橋市

連歌はこう詠もう

前・須佐神社宮司
高辻安親

須佐神社における高辻安親氏（中央。平成16年７月21日）

＊「連歌ボックス」保存版（各回の採用付句を告知し、次回のガイドとしたプリント）に連載した原稿をまとめた。高辻安親氏は平成十六年十月十七日死去、これが絶筆となった。

「季語」ということを現代俳句では言います。もっとも無季俳句では季語を考えません。「露」、「霧」と言えば秋ですし、「霞」、「暖かい」を詠み込めば春の句、「雪」、「凍結」は冬、「汗」、「暑い」は夏など、すべて季語です。

実はこの俳句の季語は、連歌を詠み進む上での必要から生まれた用語です。連歌の「季の詞」が俳句の季語です。季語が定まっていないと、「同季は七句去り」とか「春・秋は三句から五句まで、夏・冬は一句から三句まで」という連歌の規則（式目《しきもく》）は成立しません。

俳句は「俳諧の連歌」の発句に他なりません。発句が独立したものです。松尾芭蕉は俳諧連歌師です。例えば『奥の細道』で、芭蕉は東北の各地に逗留し、俳諧連歌の歌仙《かせん》作品（三十六句仕立て）をその土地の人と詠み合います。

宿に着くと、「客発句」ですから、まず芭蕉が五・七・五の発句を以て挨拶します。それに、迎える側のその地の代表者が七・七の脇句で答えます。次に五・七・五、次、七・七……三十六句目の挙句で目出度く打ち止め。

連句は、かつては「俳諧」または「俳諧連歌」と呼んでいましたが、最近ではもっぱら連句と言います。両者とも、数人が顔を突き合わせ協同して一つの作品を完成させてゆく点で全く同一です。

このように同座して主に音声で詩歌が成立し存在するのは、世界のどの国にもありません。連歌・連句は日本にだけ存在します。だから世界の日本文化研究者は連歌・連句に注目しています。

連句と連歌の違いを簡単に言えば、①まず、用語が違います。漢語などを「俳言《はいごん》」と言い、連句では俳言をどんどん使います。漢語、日常用語、外来語を自由に使用します。現代俳句、川柳、現代短歌の用語と同一とお考え下さい。

一方、連歌では和語（大和言葉）中心で詠みます。現代連歌では初折裏三句以降で俳言を使うことがありますが、あくまでも和語中心です。理由は後程述べます。②次は、式目の適応、殊には「去嫌《さりきらい》」の間隔です。③もう一つは、直前句との付け味。④最後に、一巻の形式。

　連歌も連句も、付句はともに変化・展開を旨《むね》とします。芭蕉さんは上手《うま》いことを言っています。「歌仙は三十六歩なり。一歩もとどまる心なし」でしたか。芭蕉の中年以降の俳諧連歌はなべて三十六句、即ち歌仙です。次の付句は一歩前へ踏み出す。句材・句境の上で前句に決して留まってはいけない、と言うのです。

　そのための目途として式目があり、殊には「去嫌」。「同季や恋は七句去り」とは、例えば春の句が一旦終わったら、次には雑《ぞう》か他の季節の句を七句詠み、八句目以降でなければ春の句に戻れません。これが「同季は七句去り」。恋句についても同様。

　また、付けようとする句の直前句のもう一つ前の句、即ち二句前の句を「打越《うちこし》」と言いますが、「打越を嫌う」とは、二句前の句と同類・等質の句材・句境で付句を詠んではいけない、というルールです。

　「去る」も「嫌う」も、連歌・連句があまり早く元に戻らないためのものに他なりません。この「去る」規定の運用で、連句は連歌よりも早めに同類・等質語に戻っているようです。

　ここから、問答形式で進めます。質問者は京《みやこ》さん、答えるのは連花《れんが》さん。この地方を古代から京《みやこ》（京都《みやこ》、美夜古《みやこ》）と呼びます。『日本書紀』景行紀に「号二其処一曰レ京《そのところをなづけてみやこという》」。だから地元代表者が「京さん」。では、早速。

連歌と連句の違い

京さん　それではまず、連歌と連句とでは詠み方、進め方が違いますか。

連花さん　少し違うようです。どちらも変化・展開を旨とする点では同じですが、去嫌の上で例えば「同季・恋は七句去り」を連歌ではそのまま守りますが、連句では五句程で同季や恋に戻ります。また直前句との付け味で、連句においてはどう付いているのか分からないような句が付きます。芭蕉の俳諧も現代連句もそうです。

　連歌・連句の代表的な一巻には、百韻《ひゃくいん》（百句仕立ての一巻）、世吉《よよし》（四十四句）、歌仙《かせん》（三十六句）があります。芭蕉の中期以降の連句、俳諧は大体歌仙です。歌仙という短い一巻である故に早く変化・展開を求めるから、去嫌が早くなるのでしょうか。

京さん　連歌と連句の相違点、同一点をまとめて下さい。

連花さん　相違点をもう一つ。連歌座ではすべて音声で座が進みます。発句に始まり、全部自分の声で句を一座に披露します。例えば、付句をAさんが出す時には、Aさんが自分の声で自句を言い、執筆《しゅひつ》が声で反唱し、宗匠《そうしょう》が採否を決めます。だから同座している全員は皆、同時に付句も採否の理由も分かります。

　かつて詩歌は人の声で成立し存在しました。詩歌は音声世界のものでした。最近、詩歌の朗読会が復活しつつあり、喜ばしい限りです。ところが現代連句は、小さな紙切れに書いて宗匠に渡します。宗匠と執筆は書かれた小短冊を見比べて採択句を発表します。事の経緯は誰にも分かりません。一部の連歌座もそうです。

京さん　人の声で歌が成立し存在する。いいですねえ。他に連歌・連句の相違点を。

連花さん　第一には、その用語です。連歌ではもっぱら和語（大和言葉）を使います。連句・俳諧連歌では、漢語、日常用語、外来語（片カナ語）その他なんでも使います。

次に、一巻の形式。現代連句はおよそ歌仙です。歌仙は、初折表が発句から第六句までの六句、同裏は一～十二までの十二句、次に名残《なごり》折と呼ぶ用紙の表一～十二までの十二句、最後が同名残折裏の一～六までの六句。この最後の六句目を挙句《あげく》（揚句）と言い、「挙句の果て」の挙句は連歌から出た言葉です。

だから連句は、6＋12＋12＋6＝36で三十六歌仙仕立てです。一方連歌は、初折表八句、裏十四句、名残折表十四句、裏八句の合計四十四句ですが、「しじゅうし」では塩梅《あんばい》が悪いので好字を当てて「世吉《よよし》連歌」と言います。

京さん　では、連歌と連句の共通点はどんなところ。

連花さん　連歌も連句も、どちらも数人が顔を突き合わせて全員が五・七・五、七・七、五・七・五……の句をお互いが詠み継ぎ、四十四句（世吉）や三十六句（歌仙）の一巻として完成させます。

付句の理念・行様《ゆきよう》は、ともに変化・展開、どんどん前に踏み出すことです。

京さん　それでは、連歌そのもの、連歌の詠み方を説明して下さい。

発　句

連花さん　まず発句から始めましょう。「客・発句」、「亭主・脇」です。まず、他所から来たお客さんが、訪れた家で五・七・五の歌で挨拶をします。それに客を迎えた亭主が脇句七・七で応答します。

京さん　洒落てますね。一句をもって挨拶とは。

連花さん　優雅なもんです。連句でもそうです。例えば『奥の細道』で、芭蕉は「五月雨をあつめて早し最上川」と詠んだことになっていますが、最上川沿いの高野一栄家（山形県・大石田）に数日間止宿し、この地の人々とともに歌仙の連句を詠みます。その折の芭蕉さんは発句で「五月雨をあつめて涼し最上川」と、挨拶の発句を贈ります。旧暦五月の暑い最中にもかかわらず最上川の涼気をひきいれた高野家のすばらしさを称えたのです。

　これに高野一栄さんは、「岸に蛍をつなぐ舟杭」と応えます。蛍は芭蕉でしょう。

京さん　では、毎年祇園祭での奉納連歌発句も挨拶句ですか。

連花さん　一種の挨拶句です。ただ、お寺やお宮への挨拶ですから、お寺やお宮を詠んだり、神徳・仏徳を称えたり、神仏への祈願を詠みます。いわゆる神祇《じんぎ》・釈教《しゃっきょう》句です。大体、発句から十句目までは神祇・釈教・恋・無常は詠めないのですが、発句は別です。奉納（法楽《ほうらく》）連歌の発句では神祇・釈教を詠みます。

京さん　発句には神祇・釈教句もあるのですね。では、一般に発句はどのように詠むのですか。

連花さん　発句では、その場での挨拶という主観、そして切字《きれじ》を使い、最後の留め字は体言か「哉《かな》」か、稀に「もなし」留めとなります。挨拶という主観はもう説明しました。そこで「切字」です。中学・高校の国語で切字のことはちらっと出るでしょう。そこでは「や」が切字の例に挙げられているのではありませんか。有名な連歌師宗祇《そうぎ》は、このヤをはじめ十八の切字を挙げています。カ（花の枝もかくなる物か夏木立）、ゾ、コソ、シ、ジ、ヌ、イサ、ケリ、カナ、モガナ、モナシ、そして「雁もなけ…」などの下知体《げじ》（命令形）です。このような言葉を五・七・五の発句に詠み込むのが切字です。

「さみだれの洩る隈もなし神の座」、「白幣ゆらかす風の薫り哉」のカナ、モナシが切字。

京さん　なぜ、「…か」、「…や」や「哉」などの切字を使うのですか。

連花さん　すっきりと一句を特立させるためです。はっきりと句を言い切ると言ってもいいでしょう。発句はだらだらと平板なものではいけません。そのために句中や句末に切字を入れます。

　現在の俳句は俳諧連歌の発句のことですが、あとの付句を予定してない俳句も、後に脇句以下の句が続く連歌・連句の発句も、ともに一句が独立していなければなりません。

京さん　発句ははっきりと独立したものでなければならない、そのために切字を使うのですね。

連花さん　そうです。五・七・五の長句も七・七の短句も、その一句だけで何を歌っているのかが分からねばなりません。「一句立って」いる句です。これに反して、前句と一体となって初めて意味の通ずるものや、その句だけでは何を言っているのか全く分からない句は「一句立ってない」のです。発句は全く「一句立って」いる句なのです。

京さん　発句の最後の言葉、留字《とめじ》ですか、その説明をどうぞ。

連花さん　これも発句がはっきりと一句だけで完結させる要請に応える技法でしょう。切字とともに作用します。留字は、体言留め、「かな」留め、稀に「もなし」留めです。句中で使っても句末に据えても、「かな」と「もなし」は切字です。

　体言留めを当地では「漢字留め」と言いますが、これで一句を結ぶとよく句が完結、独立します。ここの連歌座で新参加の人に句を出してもらうと、どこら辺りの付句でも不思議に漢字留めの句が多い。これは、漢字留めにすると句がまとまると直感的に思うからでしょう。

京さん　発句の詠み方は大体分かりました。次はどうなるのですか。

脇　句

連花さん　五・七・五の発句には七・七の脇句《わきく》を付けます。まあ、これだけを見れば、短歌の上の句（五・七・五）に下の句（七・七）を付けたように見えますし、それが連歌だとよく言われますが、これはものの譬えでしかありません。

　さて、その脇句のことですが、発句が訪問先での挨拶であるのに対し、脇句はその応答です。挨拶句に対し脇句では「そうですね」という調子で応じなければなりません。あまり変化したり、あらぬ方へ持っていったりするのは失礼でしょう。連歌一巻を支配する変化・展開という付句の原則は、脇句では少し抑えておかねばなりません。やって来た相手には「添うが如くに」答えねばなりません。

　この趣旨は脇句の留字にも生かされます。「一句立った」挨拶発句に呼応して、脇句は体言留めでなければなりません。はっきりと答えるのです。

京さん　脇句を詠むポイントが他にもありますか。

連花さん　前には発句だけしかありません。その発句一つだけを相手に詠めばよいのですから、その点では詠みやすいとは言えましょう。「前に戻らない、前句に留まらない」という連歌の行様《ゆきよう》（連歌一巻の進行展開のあり方）では、途中の付句は、少なくとも四、五句前までの句材・句境に関連したものは駄目です。ここの脇句では直前の発句一句だけを考慮すればいいのです。

京さん　脇句を勤める亭主役は楽ですね。

連花さん　楽とばかりいうわけにもいきませんよ。そもそも発句にはかなり格調の高い句が出てきます。発句は一巻の良し悪し、終わりまでの雰囲気を支配します。発句は、丈長く、幽玄で、格調ある句です。脇句はこの発句に対応できる句柄でなければなりません。ただ、去嫌の点では楽ですので、一順で誰でも出せる第三になると、「早く詠んだ方がいいよ」と皆によく言います。

第　三

京さん　発句、脇と済みましたので、その次の第三句目を説明して下さい。

連花さん　普通はただ「第三」と呼びます。もちろん五・七・五の長句です。また、この発句・脇・第三をひっくるめて「連歌三《み》つ物《もの》」と言います。そして「三つ物」で連歌一巻を代表させることがあります。百句で成り立つ百韻連歌一巻の場合も、第三の次の四句目から九十七句までを省略したのが「三つ物」です。だから、「連歌三つ物」と記載してあれば、この三句だけで終わったのではなく、その後に四、五……と挙句まで続く百韻や世吉連歌の作品と見なければいけません。

そして、句の格調は発句・脇と同じく、長高《たけたか》く幽玄なものでなくてはなりません。もちろん和語で、書く場合は歴史的仮名遣いです。連歌は全巻を通じて歴史的仮名遣いです。

ただ、ある所で見た資料では「三つ物連歌」がありました。三句だけで終わるのです。第三で恋も無常も詠えます。大体、連歌一巻は百韻（百句）→世吉（四十四句）→歌仙（三十六句）→短歌行（二十四句）→八句物（八句）と短くなっていくのですが、三句だけとは短過ぎる。

ただ、第三の重要さは分かります。

京さん　へー、「三つ物」ですか。それほどに第三は重要なのですね。その第三を詠む上での心得をどうぞ。

連花さん　発句は五・七・五での挨拶、それに七・七で応答するのが脇句。脇句は発句に「そうですね」と素直に応ずるものです。これに対して第三は、「それでは……」という所ですので、脇句からはぐっと離れねばなりません。

　およそ、連歌一巻の付けは、前の句から離れる、直前の句に足を置きつつ前に進む、句材・句境の上で変化をつけ、展開させることが肝心です。この変化・展開の付け理念は、第三からいよいよ始まります。中でも第三は、脇句から一段と離れねばなりません。連歌の付けの特徴が一番求められるのが第三です。

京さん　第三から連歌付句の特徴である変化・展開が始まるのですね。

連花さん　そうです。その中でも特に第三は、前句の「脇」から特別に離れ、詠む人が独自の境地に踏み込まねばなりません。

　およそ、連歌は「変化と調和の文芸」と言いますが、発句に向かう脇句は調和、脇句に対する第三は変化を旨とします。発句、脇、第三までの句自体は長高く幽玄に。もちろん和語で。第三の留字は「…て」か「…らん」です。なぜ、この言葉で一句を結ぶかというと、「…て」、「…らん」自体が変化・展開をはらんでいるからです。

　連歌の代表作とされる「湯山三吟《ゆのやまさんぎん》」を引用します。湯山三吟「一、薄雪に木の葉色こき山路かな・肖柏／二、岩もとすすき冬やなほみん・宗長／三、まつ虫にさそはれそめし宿出でて・宗祇」。これは冬の句（脇）から秋（まつ虫）へ「季移り」して展開しています。

京さん　直前の句からはぐっと離れるとともに、

二つ前の発句に還ってもいけないのですね。

連花さん　その通り。昔は輪廻という仏教用語を借りて説明していましたが、ここでは使いません。とにかく付句が既往の句に戻って同じ所をぐるぐる回る、元の句に戻るのが輪廻ですが、そんな既往の句に戻って付句を出してはいけません。詠み手も、「客・発句／亭主・脇／第三・相伴」と言い、その席の主な人が担当します。相伴とはその席の指導者である宗匠や執筆である例が多い。

式目、この厄介なもの

京さん　第三の次はどうなるのですか。次の四句目は七・七ですね。

連花さん　そうです。四句目のように偶数句は皆、短句七・七です。そして四句目以下の句を「平句《ひらく》」と言います。その説明に入る前に、連歌一巻の構成について述べておきましょう。

連歌を詠む場には式目というものが欠かせません。連歌百韻や世吉を詠む上での指導書、ルールです。まあ、いろいろな面に及びますが、多くは「同季・恋は七句去り」、「…は面《おもて》を嫌う」というような去嫌に関する事項です。

前にご説明したように、連歌はとにかく前に進む、一つ所に停滞しない、既に詠んだ句には決して戻らない、そのためにあるのが式目に他なりません。『応安新式』（文亀元〔一五〇一〕年・肖柏写）をはじめ、『産衣』（元禄十一〔一六九八〕年・混空編）など、各時代に式目書が出版されました。幕末以降の今井連歌では、『菟玖婆廼山口』（天保四〔一八三三〕年刊・阪昌功）が参考にされていました。

ところで、これらの式目はとんでもなく煩雑面倒、したがって大部の書物です。しかし誰でも読める一冊となっているこれらの書はいい方で、多くは秘事口伝です。連歌師が口伝えで伝授するのです。秘伝ですから一段と面倒な内容となります。最近、お隣の椎田町で見た資料では、短句での「…に」留めは千句に一度だけ、とあります。百韻十巻の千句で「…に」留めは一回しか使えないというのです。本当かと頭を傾げざるをえません。

　式目の煩雑さを明治以後連歌が廃絶した原因に挙げる学者も多いのです。私はそれだけが断絶の原因とは考えませんが、あまりにも複雑怪奇の内容であることは確かです。

京さん　そんな面倒くさい式目に従わねば連歌は詠めないのですか。あー、古い。

連花さん　はい、式目を無視しては連歌になりません。しかし、古いとは言えません。前に述べたように、連歌は前へ前へと展開する共同歌であり、その展開のためにあるのが式目です。長句・短句を交互に並べただけのものは連歌ではありません。悪いことに、人間とは眼前に示された言葉や思想によって発想する動物です。このことは後程詳しく述べます。これを断ち切って前へ進む。この点、新しい。

京さん　現在もそんな厄介な式目にしばられて連歌を詠んでいるのですか。

連花さん　いや、そうではありません。全国でここだけに生き残った連歌を守るために、当地の先輩も私どもも悪戦苦闘してきました。現在の式目には二種類あります。

　一つは、片山豊敏・福島任太郎の両氏が作成し、片山氏がわざわざ上京して当時の連歌学界の第一人者・福井久蔵博士の校閲を経て制定した「連歌新則」です。昭和二十年代の作。驚くほど簡単です。

　もう一つは、私どもが作った「今井百韻次第」で、浜千代清・島津忠夫の連歌碩学が参加してくれています。毎年改定し、現在も使用中。

「連歌新則」について

連花さん　まず「連歌新則」についてお話しします。

連歌新則

在来ノ式目厳密ヲ極メ初学ノ者作句困難ナルヲ以テ便宜其ノ掟ヲ緩和シ左ノ通リ之ヲ定ム

一、賦物ハ発句ニツイテ之ヲ採ル　主題ニアラズト雖モ可ナリ

二、景物ハ大凡　月八句《ママ》　花五句　雪三句トシ多少ノ増減ヲ認ム

三、類似語　同質語等　打越ハ之ヲ嫌フ

四、景物　季共五句去リ三句続クルコト、シ多少ノ増減ヲ認ム

五、作句ハナルベク大和言葉ニヨルベキモ新熟語等慣用ノモノハ之ヲ認ム　只高尚平易ヲ旨トスベキコト

六、発句かな留　第二文字留　第三て留等在来ノ式目習慣ヲ参考トスベキコト

京さん　これだけですか、ずいぶん簡単ですね。

連花さん　式目の簡略化が目的ですから、こんな簡単なものになりました。高浜年尾さんの「昭和新式」（俳諧の連歌・連句についてのもの）も、この規模の小さいものになっております。

京さん　「連歌新則」の詳しい説明を。

連花さん　「一、賦物ハ発句ニツイテ之ヲ採ル　主題ニアラズト雖モ可ナリ」。賦物《ふしもの》とは、いわゆる連歌の時代になると、発句中の一語が「賦何山」のように、「何」に入って一つの熟語となるものです。例えば、賦物が「何人」で発句が「みわたせば山もと霞む水瀬川」なら、「何」の所に発句中の「山」が入って「山人」となる

のです。脇句以下には関係しません。

なお、賦物はその後用いられないようになっていきますが、須佐神社の奉納連歌は儀式性があり、賦物を残しております。それに連なる「連歌の会」でも賦物を採ります。ただし、まず発句を詠んだ後で賦物を、およそは一条兼良の『賦物篇』によって決めております。

「二、景物ハ大凡　月八句《ママ》　花五句　雪三句トシ　多少ノ増減ヲ認ム」。ここの「月八句」はミス・プリントでしょう。終戦後の「連歌新則」は片山豊敏氏によるガリ版印刷で残っているのですが、これ以降の奉納連歌作品はすべて月七句です。

「三、類似語　同質語等　打越ハ之ヲ嫌フ」。この一条が「連歌新則」の一番のポイントです。これはすごい。

大体、それまでの式目書の大半は、句材の分類にあてられていました。降物《ふりもの》（雨、雪、露のように上から下へ降る天象）、聳物《そびきもの》（霞、霧、雲のように下から上へ聳え立つもの）、山類《さんるい》（峠、峰、谷の如く山関連のもの）、水辺《すいへん》（海、川、潮など）、神祇（神、祓い、禊など）、釈教（仏、寺、悟りなど仏教関係語）、恋（面影、別れ、思いのように男女の恋愛語）、述懐（古い、昔の如く過去を明示する句材）、その他無常、吹物など多数の部立があり、言葉それぞれを各部、各分類に決めることが式目の大半を成しているのです。この厄介な分類を「類似語・同質語」で済ましてしまうのですから、すごいとしか言いようがありません。

京さん　式目の簡略化にはなると思うのですが、一気に「類似語・同質語」だけで済ませることが可能でしょうか。

連花さん　お気持ちはよく分かります。しかし句材を「類似語・同質語」で一括りにするやり方は式目簡略化の確かな方向づけです。先に挙げました俳諧連歌の新則も同様にしています。

ただし、実際の連歌座では、一座の指導者が出句の採否について旧来の句材分類を援用しています。聳物、降物、夜分などの用語は現在の連歌座でも生きています。私はこれに嗅覚表現を加えます。しかし、これは実際の連歌座運用の上で説明に使われるだけで、類似語・同質語が去嫌の目途です。

京さん　去嫌の目途が類似語・同質語で、実際の運用上では旧来の分類が生きているとすると、指導者（宗匠・執筆）は大変ですね。

連花さん　宗匠・執筆の実力が問われます。それは致し方ありません。まあ、去嫌の目途が同質語・類似語でつけられるという点では、一般の連衆《れんじゅ》には分かりやすいでしょう。

京さん　自分の句を出した途端に「聳物の二句去り」とどやしつけられるよりも、「二句去りで類似語が詠まれておるでしょうが」と言われる方が分かりやすい。「類似語……うーん自分が詠んだ〝雲〟は三句前にある〝霞〟に触るか」と考えることもできます。

連花さん　類似語・同質語で片付けるのはかなり思い切ったやり方ですが、連歌を分かりやすくするという効用はあります。

次に「四、景物　季共五句去リ三句続クルコト、シ多少ノ増減ヲ認ム」。特徴的な句材や同季を五句去りとしています。また同季は五句続ける、即ち、一旦春が始まったら春句を三句は続けて詠みます。冬・夏も同様になっています。今井現在の「今井百韻次第」とは異なります。どちらも連歌の実際も違います。どちらも同季は七句去り、冬・夏は三句まで続けます。

京さん　なるほど。次に五条を説明して下さい。

連花さん　「五、作句ハナルベク大和言葉ニヨルベキモ新熟語等慣用ノモノハ之ヲ認ム　只高尚平易ヲ旨トスベキコト」。先の句材分類とこの用語の問題は、式目簡略化の二大課題です。そうです、連歌の用語は大体大和言葉に依るべきです。大和言葉以外の漢語、日常用語、さらには片カナ語を「俳言」と呼び、俳言を入れて詠んだ連歌を「俳諧の連歌・連句」として、正式の連歌とは別物とします。連句と連歌の差は俳言の有無だけです。それだけに和語と俳言の問題は大事です。

ここで「新熟語」というのは漢語のことで、「…等」は日常用語や片カナ語・外来語を指しているのでしょう。したがって俳言使用を認めているのです。ただし、「高尚平易」な俳言としています。「今井百韻次第」では、さらに俳言導入の基準や位置づけを加えています。後程説明します。

京さん　用語は大事な問題ですね。分かりました。最後の六条に進んで下さい。

連花さん　「六、発句かな留　第二文字留　第三て留等在来ノ式目習慣ヲ参考トスベキコト」ですね。発句は、一句の最後を「かな（哉）」で結ぶのですね。哉で発句を止めない場合に、途中に他の切字を使い最後を漢字（体言）で留めるやり方も結構多い。次の第二（脇句）は常に漢字・体言で留めます。だから、発句の留字＝…哉、脇句の留字＝…文字と、発句の留字＝…文字、脇句の留字＝…文字のケースが多い。これに対して第三句目の句は「…て」留めとなります。「て」留めの代わりに「…らん」も使います。意味の上で「…にて」に通う「哉」が発句で詠まれている場合には、第三が「らん」留めになりましょう。

まあ、このように発句、脇、第三の詠み方についてはパターンがあります。発句論、脇句論、第三論があるわけです。そのわりに挙句に関してはほとんど論じられていません。

「今井百韻次第」による式目

京さん　現在はどんな式目になっているのですか。

連花さん　次の「今井百韻次第」に依っています。ただ、内容はいわゆる「式目」だけではありません。式目以外の項目も含みます。連歌不在の時代において、実際に連歌を詠む場での連歌ガイドと言っていいでしょう。

今井百韻次第

一、発句は一座の主情を成し、終始最要の意義を存する。而してその風体は古来の技法理念を勘案する。発句を定めた後に賦物を凡そは『賦物篇』によってとるものとする。

二、用語は歌語をもって本則とする。但し、初折裏三より名残折表の間においては俳言を認める。俳言に外来語を含む。なお俳言は面を嫌い、三句までとする。

三、面十句には神祇・釈教・恋・無常を嫌う。

四、同類語・等質語は五句を隔てる。同季、恋は七句去りとする。

五、四花・七月・四雪とし、他の景物は適宜これをとる。世吉においては二花・三月・二雪とする。ことにきわだつ物、逆になくてもいいようなものは一句物とする。春季、秋季は三句より五句まで、夏季、冬季は一句より三句まで。

六、挙句は「めでたくて春季を帯びて漢字留め」の句柄とする。

七、付句は明瞭な音声をもってなす。長句はまず上五を出し、これを執筆が口頭で受けた後に再び全句を出す。短句はまず上七を、次に再び全句を披露する。

八、季のとりようは季の詞と季語とをともに用いる。両者が齟齬する場合は現代季語によるものとする。但し、あまりに広範な現代季語はこれをとらない。

ご覧のように、いわゆる式目以外の項目が多い。七がそう。二、六、八も。

京さん　ほー、「連歌新則」に比べて現行の「今井百韻次第」は長くなりましたね。

連花さん　前に述べましたように、式目以外の項目を含んでいるのでいささか大きくなりました。七の音声出句は式目の範囲ではありません。二は、連歌が盛んだった時代には言わずもがなのことでしょう。俳言規定は新設。六の挙句の詠み様は今井連歌だけのもの。

京さん　すると、式目部分はほぼ「昭和新則」の通りですね。

連花さん　そうですね。特に句材の分類に関する「四、同類語・等質語……」は一緒です。式目を簡略にするためには、このように同類語、類似語、等質語で一括する以外に方法はありません。

京さん　一の『賦物篇』とは何ですか。

連花さん　賦物の採り方を列挙したのが一条兼良の『賦物篇』です。そもそも賦物は連歌の歴史の上では大事なもので、本来はまず賦物を決めて発句を詠みました。しかし、その後、賦物はその地位を失い、儀式連歌にだけ残ります。松尾芭蕉も若い伊賀上野時代には賦物をとっていましたが、その後は賦物を全くとりません。ただ、賦物には連歌一巻の題名の役割が残り、賦物をとらない蕉風の芭蕉連句作品は「さみだれをの巻」、「市中はの巻」の如く、発句の上五をかぶせて一作の題名とします。今井連歌では現在も賦物をとっております。

ところで、賦物は形式的なものであり、また発句をのびのびと詠い出すためにも、先に自由に発句を詠み出して、次に賦物を決定しようというのがこの規定です。

京さん 二の用語のことですが、連歌でありながら漢語、片カナ語などの俳言が使えるのですね。

連花さん 用語の件は現代連歌にとって最大課題です。昭和五十六年のシンポジウムでも用語の問題は色々と論じられましたし、今年のシンポジウム「現代と連歌」でもおそらく、再び用語が最大論点となりましょう。

京さん 連歌と連句とは用語が違うだけなのですね。連歌の用語は和語（古語・歌語）中心なのですね。どうして古臭い和語だけに固執するのですか。

連花さん 美しい日本語です。詩歌の世界に昇華した美しい日本語。連歌はそれによって詠う詩歌です。そこが俳諧連歌・連句と異なります。ただ、この用語の問題は、後程連続して述べたいので、それまでお待ち願います。

京さん それでは、「三、面十句には神祇・釈教・恋・無常を嫌う」を説明して下さい。

連花さん まず「面《おもて》十句」というのは、発句から数えて十句目までの合計十句です。初折の表は一（発句）に始まって八句まで、その裏一句、二句目を加えたのが面十句です。連歌の始まり部分は序破急の序に当たり、最初は穏やかに、大らかに、正姿勢で始めねばなりません。したがって神祇・釈教・恋・無常の如き刺激的な句材は避けよう、というのがこの規定です。

ただし、発句は別です。お宮、お寺の奉納連歌ではその発句は神祇、釈教句となりますし、追悼・追善連歌の発句には無常句材が使われます。恋発句もあります。神社奉納連歌の場合、発句につられて脇句も神祇となるケースもあります。時には第三・神祇も。神祇・釈教・恋・無常発句の作品では、第四以下から初折裏二までがこの規約でいくということになりましょう。なお、いくら奉納連歌であっても、発句が神祇でないのに、脇句を神祇で詠むのはおかしいと言わざるを得ません。

京さん　そうですか、連歌一巻に「序破急」の考えを当てると、面十句は序に当たるのですね。

連花さん　そうです。序に当たる面十句は穏やかに、ゆったりと詠みます。あまり過激な句材は避けましょう。その用語はすべて和語、歌語で。そしてその内容は「景」の句が好ましい。長高く幽玄に。人事句にわたる句も、人倫（女、背、髪のように人に関わる言葉）の句材も使わない方がいい。地名や人名の如く、それ自体が強いイメージ性を持ったものもいけません。もちろん俳言は駄目。

京さん　次の「四、同類語・等質語は五句を隔てる。同季、恋は七句去りとする」についてどうぞ。

連花さん　連歌独特の「去嫌」に関する規定です。この妙チクリンな決まり、奇妙奇天烈な規定は、連歌不在の現代人を途惑わせます。しかし、これがなくては連歌は成立しません。去嫌こそ変化・展開・調和という連歌付句全体を支配する理念を実現するルールに他なりません。去嫌を捨てたものは長句・短句を羅列しただけのもので、連歌でも何でもありません。

もし、「新しい連歌」という美名の下で現代連歌を発明するのなら、変化・展開・調和という理念に代わる連歌一巻の支配理念を創造することが必要です。馴染みがないという理由で去嫌を嫌悪するのは、現代人の怠惰、無理解にしか過ぎません。ここはまず去嫌に精通して下さい。

京さん　えらく厳しいですね。

連花さん　最近は誰でも一言ある時代ですし、訳も分からなくて非難し、否定します。それに、去嫌を無視して長句・短句を並べただけのものや、俳言を無原則に使用したもの、それらを皆「連歌」と呼びたがるのです。見方によれば、現代人には連歌に一種の憧れみたいな思いがあるのでしょうか。なーに、七面倒な去嫌も、慣れればなんのことはありませんよ。連歌は連歌座に馴染むことが大事。連歌座に直《なお》って宗匠の言うことを聞き、時々式目を見て自然に去嫌を体得していくことですね。

では、まず「同類語・等質語は五句を隔てる」です。同類語・等質語は一度出たら、次から五句は出さない。途中に五句の間隔を置いて、初めて同類・等質語が使えるのです。

なお「…隔てる」も「…去り」も「…嫌ふ」も同じことです。例えば「潮の香高き河口の街」とあって、次の次の句か、三つ目の句で「滝のしぶきの覆ふ水の面」と詠めば、「潮、河」と「滝、水、しぶき」が同類語（水辺）で差合いとなります。折角前進してきたのに、同類の句境に後戻りしてしまいます。

連歌はとにかく前に進むこと。元に戻ることを一番嫌います。特にこのケースは二句目、中に一句置いただけの句を互いに「打越《うちこし》」と呼び、これに障ることが最も悪い。打越の句をぐっと睨み、直前句に付ければ、去嫌の点で五〇％パスです。とにかく打越に戻る、打越に句材・句境の上で関連させるのが最も悪い。

京さん　同類語・等質語はどれも五句去りですか。

連花さん　ちょっと問題があります。間隔の取り過ぎかも。『応安新式』では、光物は三句去りです。句材によっては三句・四句去りでよい場面もありましょう。これは最大で五句隔てると考えてもらいましょう。実際の連歌座で宗匠・執筆の捌きを聞いて下さい。

京さん　四の後半「同季、恋は七句去りとする」も同じような考えによる規定ですね。

連花さん　そうです。同じ季節の句や恋の句は、一旦終わったら、次から七句までは同季でない句、恋句ではない句を詠まねばなりません。これは必ず七句去りです。同季・恋の間隔を短くすることはできません。季節が連歌一巻に占める役割は大事、季は重い意義を有します。

恋句も同様です。恋歌は日本の歌世界で特立した地歩を占めます。恋は大切な歌材。だから連歌においても恋句は大事です。恋句が入っていない連歌一巻を「半端物」と言います。社寺奉納の連歌でも、追悼・追善連歌でも、恋句は詠みます。恋句そのものが重い句ですので、七句は去る必要があります。いや、恋は「面《おもて》を嫌う」とした方がいいかも知れません。世吉では、初折裏の三句目から初折裏十四までと、名残折表一から名残折表十二辺りまででしか恋は詠めませんが、その初折裏の一面と名残折表の面の二面で一カ所ずつに限るというのが、「恋は面を嫌ふ」です。

京さん　連歌の「去嫌」は随分厄介ですね。あれも駄目、これも駄目と言われたら、詠みようがありません。

連花さん　でしょうね。「連歌不在」の現代人は、連歌座で句を出してあれこれケチを付けられると不愉快になってしまいましょう。宗匠・執筆の言葉はまるで言葉狩り、出句者の発想を封じ込めるだけ、と受け取るかも知れません。そして式目は、自由な考えを防圧する桎梏《しっこく》と感ずるでしょう。

京さん　その通りです。連歌は言論・表現の自由の敵です。そんな世界で付き合ってはいられません。

連花さん　随分と手厳しい。まあ、聞いて下さい。まず、人の発想は、全く自由になされるものではありません。事前に示された他人の意見が発想の契機となります。それはそれで結構です。ところが、思想内容においても、使用する言葉においても、前に提示された意見・意向によって発想されがちなものです。大きく見れば、その時代の思潮、マスコミの論調とか周囲の圧倒的な考え方のパターンでとかく決まってしまっているのです。無意識の内に一種のマインド・コントロールがなされている、と極論することもできましょう。

前句では、言葉の大海のほんの一滴を掬い取ってみせているにしかすぎないのに、それしか言葉は無いかのように思い込んでしまいます。人間には本来、自由な発想はないのです。特に知識人と呼ばれる人ほどそうです。しかし、知識人ほど自由な発想を誇示します。自由な発想をしていると確信しています。

京さん　へー、そんなものですか。本当ですか。

連花さん　不自由な発想環境にある人間。それは、連歌座で連歌の付句を見ていると痛切に感じます。人間とは目前に提示された言論・言説にいかに支配されて発想するものかと思い悩みますよ。そこでです、連歌の付けは直前句をまず充分に理解し、解釈し、鑑賞し尽くして、その句に立脚しつつ、かつ自己の世界に踏み出すのが鉄則です。前記の譬えで言えば、対話の場合は相手の意見を充分に聴き、時代思潮の場合はマスコミ論調をよく読み、その上で、それに基づきつつ自分の考えを形作り、自分の発想をすること。

人の意見は充分に聴き取り、それに対して自分独自の見解を述べる。前句や数句前に示された詩歌、これは詠んだ人の思想・思念・考えでもあるのですが、それらを聴き取りつつ、さて私は、と新しい発想をめぐらす、これが連歌の付句に他なりません。それを世吉では四十三回、百韻では九十九回行うのです。連歌とは、このプロセスを付句ごとにたどることに他なりません。

連歌では前句が決まると、全員がその句に注目し、皆がその一句を理解し、鑑賞し、次に自分の句をいかに前句から離れて付けようかと思案します。前句の言葉も前句の内容もそのままでは使えません。相手の発言内容から一歩前進して、話を進めるのです。相手の言い分をちゃんと聴き取り、ここで真に自由な発想で話を進《しん》捗《ちょく》させ、句を展開させるのです。

そこで私の主張。人間にとって真に自由な発想とは、連歌座を通じて初めて獲得される能力。連歌座とは、真に自由な発想のドリルの場である。不自由な発想路線から人間を解放する訓練が連歌です。直前句をきちんと受納し、良いところはちゃんと納得します。それからが独自、自由な発想です。前句に向かって「なるほどね」と素直に応ずる、「そうはおっしゃいますが……」といささか斜に構えてみせたり、まあ色々でしょう。この折に、何句か前に述べている話題にも、説明にも言葉にも戻らないように、話を転じ、句を変化させます。とにかく相手の考えを充分に咀嚼《そしゃく》した上で、自分の真に自由な発想をし、これまでに出ていない新しい言葉で表現します。

京さん　意外と今っぽいですね。「真に自由な発想のドリルの場」が連歌ですか。

連花さん　これは私の新説。いや、珍説かもしれません。牽強付会《けんきょうふかい》の説かも。今まで誰も言っておりません。連歌座歴五十年の嘆き節か。

京さん　それでは「五、四花・七月・四雪とし、他の景物は適宜これをとる。世吉においては二花・三月・二雪とする。ことにきわだつ物、逆になくてもいいようなものは一句物とする。春季、秋季は三句より五句まで、夏季、冬季は一句より三句まで」に行って下さい。

連花さん　連歌では「四花《しか》・七月《しちげつ》」と言い、花と月とは最も大事な景物《けいぶつ》です。雪は花・月に準じます。重要な歌材ですから、花・月・雪は一巻に必ず詠み込まねばなりませんし。あまりたくさん詠んでも雑駁《ざつぱく》になってしまいます。そこで、一巻中で花と雪は四カ所、月は七カ所としました。世吉では「二花・三月・二雪」です。

なお、景物とは、四季の情趣を特別に深く感じさせる句材を指し、ある本（兼載）では、その中でも花、月、雪、郭公《ほととぎす》、寝覚を特別な景物としています。寝覚が入っているのは意外で、ここでは寝覚は特別扱いにはしません。郭公はぜひ詠み入れたい。

とにかく花・月・雪は最高の景物です。俳句でも「雪月花《せつげつか》」と言って、この三者を特別扱いにするようです。

京さん　花、月、雪はどこで詠むのですか。

連花さん　世吉では、花は初折裏、名残折裏の二カ所だけ。私は短句ではなくて長句で詠むがよろしいと思います。月は初折表、同裏、名残折表の三カ所・三月ですが、表の月は長句で、裏の月は短句で詠むがよろしいでしょう。雪は二カ所・二雪で、初折と名残折のどこか一カ所ずつで詠むことにしたらいかがでしょう。花・月・雪いずれも最高の景物ですから、最高の句が欲しい。それこそ幽玄で長高い句です。

なお、花については、世にあるあらゆる華やかな存在を「花」としますが、普通は桜の花がいいでしょう。ただ「花」と詠めば桜花を指すものなので、「桜」とか「桜花」とかは詠まぬが望ましい。もう一つ、相手にいい顔させる意味で「花を持たせる」と現在使われている表現は、この連歌用語を語源とするものです。本来は「花を持つ」とは「花の句を詠む」意味で、連歌の花の句は普通、一座の上手が詠むべきものですが、時にはそうでない他者に「花を持たせ」て詠ませることもありましょう。

京さん　それに続く「春季、秋季は三句より五句まで、夏季、冬季は一句より三句まで」を説明して下さい。

連花さん　その前の「ことにきわだつ物、逆になくてもいいような物は一句物とする」を説明しておきます。「きわだつ物」とは、前述したような郭公の如く、花・月・雪以外でぜひ詠み入れたい貴重な景物で、一巻に一カ所だけ、逆に普通は歌材に取り上げないような物は一度詠んだら再び詠まない、としたのです。

京さん　それでは四季の句数についてどうぞ。

連花さん　これは連歌の大原則です。春と秋は一旦詠み始めたら最低三句は続けて詠みます。一句だけで春を捨てることはありません。そして五句までです。春・秋は三句以上五句以内、だから、既に三句春を詠んだら、四句目は雑か他の季に行ってもよい。ただし、例えば春の句に他季・冬を直接付けるのを「季移り」と言うのですが、季移りはなかなか難しい。普通は雑でゆくでしょう。

次に、夏と冬の句は一句以上三句以内ですから、一句だけでその季を捨ててもいいし、三句続けても結構です。春・秋は三句以上五句以内、夏・冬は一句以上三句以内は、昔からの決まり事です。

春・秋と冬・夏に差をつけたのは、歌の世界における季節感の差でしょう。連歌一巻でのバランスをとるためです。そして、同季は七句去り。夏が終われば、七句は雑（無季）か他季を入れます。

京さん　春季と秋季は、一旦始まったら三句は続くのですね。

連花さん　そうです。一句、二句で捨てることはありません。最低三句は詠み続けます。だから昔の連歌懐紙《かいし》で、春が二句続いていて次の句が読み取りにくい時に、その句が春の句であることは確かですから判読しやすいという利点はあります。

京さん　連歌の「去嫌」に関する規定はこれでやっと終わったのですか。随分面倒ですね。

連花さん　そんなに面倒とばかり言わないでください。面倒と感ずるのは、現代人が連歌を全く知らないからです。馴れればなんということもありません。それに去嫌は、連歌がどんどん前へ進んで、変化・展開・飛翔のためにあるものです。連歌はナウい、今っぽい歌世界ですぞ。

京さん　はい、分かりました。それでは、次の「六、挙句は『めでたくて春季を帯びて漢字留め』の句柄とする」に行きましょう。

連花さん　この六と七、八の規定はいわゆる式目ではありません。連歌座を実際に進める上で役に立ちそうな事項を並べたものです。だから、この規定全体の名称は「今井百韻次第」であり、「式目」、「新式」、「新則」を名乗ってはいません。

さて、「めでたくて春季を帯びて漢字留め」は挙句の内容について述べたものです。まず挙句（七・七）は、句全体がめでたいこと、次に春の句であること、そして最後が漢字即ち体言で留める、この三点です。

京さん　最後の挙句は春で、体言で終わり、めでたい句であればいいのですね。それならめでたい春の季語さえ見つければできるじゃありませんか。

連花さん　その通りです。しかし、めでたい春の季語がそんなにたくさんあるわけではありません。毎度同じ季語は使えません。実は、三十年程前までの須佐神社奉納連歌では、「春」という言葉を途中で使わずに挙句にとっておきました。苦肉の策です。

京さん　連歌の挙句は皆そんな詠み方をするの

ですか。他所や、昔の作品では挙句はどうなっていますか。

連花さん　違います。そもそも挙句の詠み方についての論はあまりありません。発句、脇句、第三の詠み方の解説やどう詠むべきかといった論はかなりあります。これに反し、挙句の詠み方（挙句論）に関してはあまり論及されていません。まあ、「挙句は余韻を残して軽々と挙げる」くらいのところでしょうか。「めでたくて春季を帯びて漢字留め」は、今井独自の論かも知れません。この「めでたくて」と一般の挙句論「余韻を残し軽がると挙げよ」とはかなり異なります。相反するかも知れません。特に、「漢字留め」はぴしゃっと完結してしまうのに反し、形容詞や動詞で結び、「余韻を残し軽々」とした挙句には完結性はありません。

京さん　挙句のあり方が異なるのですね。

連花さん　そうですね、かなり違います。その波及効果もあります。当地では挙句でぴしゃりと完結するので、そのために挙句に至る三句は必ず春句となり、最低三句は続けます。

　これに対して昔の他所の作品、例えば「水無瀬三吟」は雑句で、「湯山三吟」は秋二句で、「愛宕百韻」は春二句で終わっています。三句は続けるべき春・秋が二句で終わっているのは、「余韻を残して」の反映でしょう。しかし、挙句で完結させるためには春を三句揃えねばなりません。朗誦奉納を伴う連歌、特に挙句は二度朗誦ですから、挙句の完結性が求められます。私は「めでたくて春季を帯びて漢字留め」でいい、いや、むしろ当地連歌の特性と考えます。

京さん　ご当地、最近の例を挙げて下さい。「相反する」とおっしゃる他所のや昔の作品例も。

連花さん　挙句に至る三句を紹介します。平成十六年四月二十九日・到津八幡宮・名残折裏

「六、土温みゆき鞠ははづみて／七、咲きみてる花はこの世のものならず／八、されどのどかに到る津の街」

これに対し、今井連歌の挙句論には反する名作を挙げておきます。水無瀬三吟・名残裏「六、けぶりのどかに見ゆるかり庵／七、いやしきも身をおさむるは有りつべし／八、人をおしなべみちぞただしき」

京さん　今井の行き方と名作とはかなり違いますね。私はめでたくて完結性のあるここの方が好きです。

連花さん　ありがとう。今後も挙句は「めでたくて春季を帯びて漢字留め」で行きます。

京さん　それでは次の「七、付句は明瞭な音声をもってなす。長句はまず上五を出し、これを執筆が口頭で受けた後に再び全句を出す。短句はまず上七を、次に再び全句を披露する」についてどうぞ。

連花さん　これも式目に入る項目ではありません。また、連歌が盛んな時代であったら事立てて言う必要もない常識です。連歌に馴染みの薄い現代であるだけに、このような事項も連歌を詠み進める折に必要なのです。

まず、連歌座は発句も他の句も自分の音声で一座に披露されます。その時、皆が出句を確認しやすいようこのように運びます。例えば「み社の花咲きほこる道しづか」と出す場合、出句者はまず「ミヤシロノ」と発声しますと、執筆が「ミヤシロノー」と反復します。次に、出句者が初めから「ミヤシロノハナサキホコルミチシズカ」と言い、宗匠がその通りに採択すれば、「み社の花咲きほこる道しづか」が決まることになります。この音声は同座する全員が同時に分かります。また、よく分かるためにこのように区切って出句するのです。

京さん　それでは最後の「八、季のとりようは季の詞と現代季語とをともに用いる。両者が齟齬する場合は現代季語によるものとする。但し、あまりに広範な現代季語はこれをとらない」についてどうぞ。

連花さん　この項目も式目ではありません。現代連歌座を運用する上での項目です。本来、現代俳句で「季語」とか「季題」と言っているのは、連歌の季の採り方、季の詞から出たものです。

既に述べましたように、連歌では「同季は七句去り」とか「春は三句以上五句以内」とかの規定があります。それなのに春は何、何…と判然としないと、この規定を適用できませんでしょう。季の詞が必要です。季については式目書に記載してあります。ところが、すべての季の詞を挙げてはいません。その意味では現代季語集は大変便利です。ただし、あまりにも網羅的過ぎる季語集もあります。あまりに広範なものは採らない、というのがこの規定です。

さて、これで「今井百韻次第」の解説は終わりです。

京さん　ご苦労さまでした。でも、まだ付け加える事柄がありそうですね。

「恋句を詠んでも責任はない」

連花さん　「今井百韻次第」に関連して全体的な事柄を少し述べておきましょう。用語の問題は後程詳しく再検討いたしましょう。ここではその他の事柄についてまとめておきます。

まず、発句だけに主観、主張、思想が表出されます。しかし、現代人が感じるような直接的な主観ではありません。多くは事物に託して自己を主張します。比較的直接的なのは、例の「愛宕百韻」の明智光秀の発句「ときは今天が下しる五月哉」です。光秀の本姓は土岐《とき》ですし、

「天が下しる」は天下統治ですから、同席した人々はあっと気付いたことでしょう。「わが土岐氏光秀こそが天下統一を果たすこの五月」の意に他なりません。現にこの連歌席での指導者である里村紹巴は、後日秀吉から糾問されています。

多くの発句では、物に仮託して自分の挨拶・主張を開陳します。そして発句に続く脇句以下の九十九句（百韻の場合）、世吉では四十三句は、すべて前句を受けて詠むいわばフィクションです。前句に触発されて自己の詩歌世界に飛翔するのです。だから、苦しい恋愛体験のない人だって悶え苦しむ恋句を詠むのは勝手。逆に、恋句に実体験の責任を負う必要なし。松尾芭蕉は、最近の学会では「恋句の達人」といわれていますが、芭蕉自身は恋の達人ではないでしょう。

京さん　恋句を詠んでも責任はない、とは便利ですね。

連花さん　はい、発句以外の連歌は全部フィクション。居ながらにして言語美の天地を翔けり飛びます。

京さん　次に、随分と厄介な付句の決まりがありましたね。

連花さん　あります。まず、先程、発句だけに作者の主観があらわれ、脇句以下はすべてフィクションである、と言いましたね。その脇句以下の詠み方、付け方、行様について。ひとことで言えば、直前句を始め、近くの既往句からは離れる、変化・展開・飛翔する。この一点に尽きます。五・七・五と七・七の句を交互に詠んだだけでは連歌とは言えません。直前句に足を置きつつ、自分の歌で一歩前へ進むのです。

ただし、こう言っただけでは、実際の付句は展開・変化できません。そこで、あの厄介な式目が必要となります。「同季は七句去り」のよううな「去嫌」の規定。さらに、そのためには句材の分類が必要です。「今井百韻次第」では一括して「同類語・等質語」としています。ただ、実際の連歌座では従来の分類が援用されています。例えば、光物（月、日、星など）、山類（山、尾根、滝など）、水辺（海、波、川など）、夜分（蛍、夢、暁など）、降物（雨、雪、霜など）、聳物（雲、霧、煙など）、名所《などころ》（主たる地名）、述懐（昔、老、白髪など）、無常（鳥辺野、「つひに行く道」など）、神祇（神・宮関連）、釈教（仏教関連）、恋（移り香、思ひ、忍ぶ……）。その他、植物《うえもの》、動物《うごきもの》、居所、衣類、等々。

こんな連歌独特の呼び方の中には、皆さんが「こりゃ何だ」と感じるものもありましょう。「聳物」なんて言われても何のことか分かりません。聳物とは、雲、霞のように下から上へ立ち昇る天然現象です。動物をウゴキモノ、植物をウエモノとは。連歌はレンガと発音するのにね。

京さん　変な言葉ですね。去嫌のために季の詞・季語があるのですね。

連花さん　そうです。さて、去嫌を始め、連歌では、連歌座の実際に参加して連歌の付句の進め方を知る、連歌座に馴染む、馴れる、それ以外に方法はありません。実際を知らず、連歌書、連歌作品、連歌式目をいくら読んでも、連歌は詠めません。それは「畳の上の水練」です。須佐神社では毎月連歌実作会を開催しています。新入り大歓迎です。

平句の詠み方

京さん　一句の詠み方をまとめて下さい。

連花さん　はい。ただし、発句については前に言いましたので、発句以外の平句《ひらく》について述べましょう。
付句は一般に軽く詠みます。短歌、俳句はそれだけで完結するものです。語形も句材も重くならざるを得ません。これに対して連歌の付句は、前句に付けるものであり、次に他の句が付くことを前提にしています。前句を受け、次句につなぐのが付句です。全体に重い句ばかりが続いたら一巻とはなりません。中には重い句も欲しいが、多くは軽々と進めねばなりません。そのせいで、動詞・形容詞の連用形留めの付句が多くなりましょう。

連用形留めは、短歌や俳句では強調のための異例形でしょう。また、当地には「一句立つ」、「一句立ってない」という付句基準があります。その句だけでは意味を成さずに、前句と一緒になってやっと意味が通ずる句は「一句立ってない」のです。

ところで、平句はあまりにも「一句立ち」過ぎても、「一句立ってない」のも悪く、この中間の付句がいい。これと逆に、重い付句に本歌《ほんが》・本説《ほんぜつ》という技法も使われます。「本歌取り」とは、よく知られた名歌（本歌）を取り入れて興趣を添える句作り。発句ですが、後鳥羽院の追善法楽である「水無瀬三吟」の発句「雪ながら山もと霞む夕かな」は、後鳥羽院「見渡せば山もと霞む水瀬川夕へは秋となにおもひけむ」（『新古今』）を本歌としたものですし、昨年当地での全国連歌大会における「玉章をときはの松にむすぶらん」の付句（初折裏六）「磐代の峰げにこえがたき」は、「磐白の浜松が枝をひき結びまさきくあらばまたかへりみむ」（『万葉集』有馬皇子）の本歌取りです。本説は、『源氏物語』など有名な物語の一章に依拠するもの。

京さん　世吉連歌（四十四句仕立て）一巻の構成についてお願いします。

連花さん　よく一巻の構成を序・破・急に譬え

る人がいます。まあ、そんなものでしょうか。とにかく、初めはゆったりと大らかに、そして初折裏三くらいからは盛り上げて談論風発、何でもありで、最近の行き方ではここで俳言も使用可能。そして最後の名残折裏に入ると、また穏やかにおっとりと詠み進み、挙句に至ります。

連歌と和語

京さん　そういえば、用語の問題は後でまとめて説明すると言われていましたが。

連花さん　用語の件、これは大問題です。今年のシンポジウムの一大課題ですから、その帰趨《きすう》を待つことにしますが、ここでは非力ながら私の見解を述べておきます。

京さん　連歌の用語は和語だけで、漢語・片カナ語などの俳言が入れば連句となる。その和語とはそもそも何ですか。

連花さん　それが問題です。普通、「和語＝大和言葉」で多くの人は納得しますね。この国に昔から伝わってきた独自の言葉が和語です。和語に対立するのが漢語・片カナ語などの外来語です。

日本語には各時代に外国の言葉が入ってきますが、画期的なのは奈良期の漢語と明治期の欧米語の翻訳語です。現在の日本語はこの外来語に満ちています。例えば、「用語、問題、現代、連歌、課題、帰趨」などはすべて漢語ですし、「シンポジウム」は最近の外来語です。もちろん俳句・連句、現代短歌も漢語、和製漢語、翻訳語などの外来語に溢れています。また、使用度は少ないですが、御製《ぎょせい》も歌会始の詠進歌も漢語などを含みます。ごく稀に、伝統的な短歌会だけで和語のみの短歌を詠んでいます。

日本語は漢字を借用することによって初めて文字表記されることになります。『万葉集』、

『古事記』、『日本書紀』などには漢字表記で格闘した先人の苦労がよくうかがわれますね。とともに、日本文が漢語を大幅に取り入れたものになっていきます。

京さん　もう少し詳しく、特に連歌で言う和語について説明して下さい。

連花さん　「連歌における和語」を考えてみましょう。和語とは「日本だけでの言葉」と定義されています。ところが「梅」、「馬」など和語と考えられている言葉は、実は朝鮮語、蒙古語、支那音の影響を強く受けて成立した言葉です。ウマ、ウメは和語化された漢語です。また、中世の連歌作品に漢語が全然使用されていないわけではありません。特に、当時和語では表現し難い釈教語（仏教語）は、漢語そのままに表現されています。山田孝雄博士の『連歌概説』によれば、閻浮《えぶ》（閻浮提の略、釈教語、大陸名）、法《ほ》螺《ら》、僧、堂、閼伽《あか》、蘇迷盧、宿世、竜王など。俗語に近い漢語としては囲碁、草子、屏風、又寝、無礼などを挙げている。そして連歌用語は「当時の和歌よりは範囲を汎《ひろ》め、制限を寛にせしものと見えたり」とする。

京さん　連歌の和語とは難物ですね。中世において釈教語などが漢語で表されていて、必ずしも和語ばかりで連歌は詠まれてはいないのですね。中世の連歌に外来語の漢語が混じっているのなら、明治になって欧米の文物がわっと入り、欧米の抽象語・概念語が導入されますが、その和語表現はできなかったのではないですか。

連花さん　そうです。導入された欧米語は和製漢語を以てしました。新しい造語です。ただし、明治の日本人は連歌そのものを捨ててしまいますので、明治期に輸入された抽象語・概念語の和語化は連歌では行われていません。ただ、伝統的な短歌界ではその試みがなされています。

明治十年代の『開化新題歌集』には、哲学、議会、鉄道、倫理……を和語で言い換えた短歌を発表していますが、和語化に成功していると は思えません。また、お宮の祝詞《のりと》は本来和語のものですから、その試みもされています。ただし飛行機を「空飛ぶからくり」ではね。

とにかく、明治に連歌は廃絶したのですから、明治の新語と和語との関係は、百年の断絶を経て今やっと、我々が背負っている課題なのです。

京さん　連歌における和語が一筋縄ではいかない問題である点はよく分かりました。

連花さん　この課題に答えるには、一応「歴史的に洗練された、美しい日本語」を連歌では選び、それで表現するのだ、という一種の目途は立てているのですが……。時代によって新しい言葉ができ、従来の言葉の意味内容が変わり、その発音などが変化していくものです。一時的な新語もどんどんできては消えていきます。それは、目新しくはあっても歴史の洗練を経た言葉ではあり得ません。どうしても粗野、猥雑、下品なものとなります。

連歌の用語はあくまでも雅順、優美、典雅、優艶な品性を保たねばなりません。言葉を磨きぬき、選び尽くしたもの、それを短縮した表現が連歌の付句に他なりません。

京さん　和語だからいい、漢語だから駄目と一概には言えないのですね。

連花さん　そうです。昨年当地での全国大会における入選作「おほけなく天にねぎごとなげかけて」の「天」は、テンでしょうか、アメでしょうか。テンは漢語、アメは和語。この一句では「おほけなくテンにねぎごと投げかけて」の方がぐっとしまる。アメではぼやけてしまう。そう思いませんか。また「ひと声をのこして渡る雁の列」で「雁の列《つら》」と読んだ場合、雁のツラの語感は気になりませんか。

昭和五十六年・須佐神社御造営奉祝連歌での

初折裏十「雁のひとつら峰こゆる声」（奥野純一さん）は見事な付句です。ここは「ひとつら」でしょう。「雁の一列《いちれつ》」では歌になりません。

京さん　言葉自体は平凡であっても、一句となると、その平凡な言葉が生気をはらむ例は多いのではありませんか。

連花さん　そうなんです。それ自体は平凡粗野な一語が、一作となると急に生きいきとしてくる例は多い。かの「葛の花踏みしだかれて色新しこの山道を行きし人あり」で、「踏みしだく」はどちらかと言えば荒々しい言葉、また「ふみしだかれ」の「しだかれ」の如く、受身形はうまく作用しない語形ですが、この一首では「踏みしだかれて」でなくてはなりません。

和語表現は無くなるのか

京さん　ところで、和語表現は消えるのでしょうか。

連花さん　そうではありません。和語は日本語の基盤ですし、歌や物語の世界ではそれなりに発展し続けます。また、漢語の和語化も試みられます。まあ、漢語の和語化はあまり成功したようには見えませんが。また、『源氏物語』などには漢語が目立たない形で多く使われています。これも漢語の和語化の一種かも知れませんね。

京さん　漢語が入ることによって和語の発展が弱まったとは言えませんか。

連花さん　それは言えます。そもそも和語は語感、情緒表現には優れていますが、理論的な表現には適していません。漢語は理論・概念表現に適しており、簡潔性に優れています。仮に漢語借用がなかったとしたら、和語による理論・概念表現が発達したかも知れませんが、漢語受容後には理論・概念面は漢語に任せることになります。この点、和語の造語力が衰えたとは言えるでしょう。また、一つのことを表現する上で、和語は漢語よりも音節が多過ぎます。

なお、明治期に翻訳語がもっぱら漢語に頼ったのは、理論的な文は江戸期まですべて漢語で書いてきた伝統によるものです。勿論、漢語の簡潔性・造語力に基づくところです。

京さん　和語の良い点を生かすのが「連歌の和語」なのですね。

連花さん　たおやかな日本語。語感、詩情表現に優れた古語。歴史の洗練を経た古語です。和語の良さを保存し、発展させようとするのが連歌なのです。

和語が全く発展しなかったわけではありません。日本語のベースはあくまで和語です。江戸時代までの和歌の中にはかなり日常語に近い言葉を使ったものもありますが、主流は和語です。連歌もそうで、江戸期の連歌はこれまであまり調査研究されていませんが、私が見る限りでは江戸末期の連歌、特にこの周辺の連歌作品には、和語中心でありながら、なんとか新語を取り込もうとする試みがなされています。

京さん　へー、連歌そのものが衰えたとされる江戸末期にも、新語取り込みの努力がなされているのですか。

連花さん　結果としてはめざましい成果を挙げているとは言えませんが、先人の努力は評価しなければなりません。

京さん　今後はどのように進むでしょうか。

連花さん　二つの道があります。一つは新しい和語を造語すること。例えば、斎藤茂吉に「最上川逆白波のたつまでにふぶくゆふべとなりにけるかも」とあり、「逆白波《さかしらなみ》」は茂吉の造語だと一部の人からは白眼視されたのですが、新造語で結構じゃありませんか。「山吹の雫枝《しづくえだ》にもすがり得で蛙《かはづ》ながるる春さめのそら」（大隈言道）の「雫枝にもすがり得で」は斬新な表現です。和語を広げる道です。抽象語の和語造出はかなり難しいことでしょうが。

もう一つは漢語、片カナ語のやわらかな取り入れです。漢語・片カナ語を和語感覚で取り込み、和語の文脈で生かすのです。

連歌とは、美しい日本語をさらに磨き尽くして、変化と調和による歌一巻を完成させること。それも、全部音声で遣り取りするので、人間理《り》会《かい》の新しい場なのです。その他、何にしても明治以来百年の廃絶を乗り越えねばならない問題ですから、大変です。今後とも気長くお付き合い下さい。

付録

宗匠による連歌座

連歌実作会における宗匠たち（平成16年11月６日，京都ホテル）

宗匠による連歌座について

国民文化祭連歌大会は関係者各位のご努力によって成功裡に幕を閉じました。これに先だって募集をした第三公募も多くの応募をいただき、選者の先生方には二度にわたる選考をお願いし、別途紹介（136ページ以下）のように各賞が決定されています。

連歌の付句にはこれが正解というものはなく、付句をする者によって多種多様な展開が導き出されるように、今回の選考に当たっても、先生方によって選ばれた句にはかなりのバラつきがありました。それがまた連歌の連歌たる所以でしょうから、これも良しとしていいと思われます。

昭和五十六年の須佐神社奉納連歌シンポジウムで現代連歌の方向性が示されて以来、各地で連歌の会が発足し、日々その活動の中に、今日一般に隆盛する連句・俳諧とは違った真の連歌の復興に向けての取り組みがなされています。選考に当たられた各先生方はまた、各地でこのような連歌会の指導もしておられます。

ここでは、先生方が指導される連歌会の作品の中から、特にこれはという作品を先生方自身に選んでいただき、紹介しています。付け加えるに、行橋須佐神社の奉納連歌の今年の作品と、大会で学生座の宗匠を務められた地元の先生方の活動する連歌会の作品もご紹介します。大会作品と併せることで、今日における現代連歌の水準を示すとともに、今後の連歌の進むべき方向性も知ることができるものと思われます（作品配列は時間順）。

■別格　須佐神社の奉納連歌

平成十六年七月二十一日
七月十五日福島邸発句弁一巡
七月二十一日神社拝殿満尾

須佐神社　奉納之連歌

賦何垣

一　祭らばやこれぞ京の祇の園　房臣
二　潮の香高く涼み行く橋　良静
三　くさぐさの鳥の音しかとひびかいて　良哲
四　四方に広ごる裾野ゆたけく　直方
五　潰えたる道の千草を払ひ除け　市長
六　再び興る街さはやかに　靖夫
七　さし出づる月ひときはの明らかさ　直治
八　しじまも深く夜は更けぬる　源太郎

初折・裏

一　絶えまなく敷浪寄する沖の島　三七男
二　片山添ひに雪となるらし　房信
三　尋めゆきて紙漉の里広々と　直治
四　汝が言の葉のたのむすべなく　亶蔵
五　みそめるといふはかなしきことならん　昭典
六　忍び逢ひたる滝裏の隙　修崇
七　異様に冥く煌めく吉野にて　猛
八　古き習ひを今の代に継ぐ　正富
九　日を月に月を年にと道踏みて　区長
十　入らんとするも残る有明　和之
十一　鰯雲流れて西の空澄みぬ　豊孝
十二　鳥渡り来るはるかかなたに　宮司
十三　植ゑかへし庭に待たるる花の頃　宗匠
十四　盃めぐる曲水の宴　執筆

名残折・表

一　野を広み思はぬ隈に雛生れむ
二　生まれ替はるぞ命なりける
三　降りそそぐ天つみ光たふとくも
四　伊予の二名に暑さ厭はで
五　掌を合はせ拝みまゐらす青葉風
六　せせらぐ音に心しづまる
七　水上は石と巌のはざまなれ
八　頂さらに雲のかなたか
九　かにかくに思ひを尽くしとどかざる
十　兼言今は無きものと知れ
十一　名にし負ふもみぢ葉も早や散りそめん
十二　残んの虫のひとときは高く
十三　さし昇る月ははつかに香を帯びて
十四　入江深々みたす初潮

名残折・裏

一　来たる世を支へ創らん若人の
二　朝夕に遠歩きして
三　木枯しの止みて憩はん里の夜
四　夕陽傾き冬鳥流る
五　あるものが形そのまま整へり
六　いづれの野にも木の芽たつとき
七　花をえらぶ旅とは己がさかしらぞ
八　御代をことほぐ春の曙

中世の享祿年中より連綿として氏子衆によって須佐神社に奉納されている連歌。毎年七月十五日、氏子の福島邸において「発句定並一巡」が行われ、二十一日に須佐神社社頭で世吉を満尾する。須佐神社の高辻安親宮司が宗匠を務めた最後の奉納となった平成十六年の作品。

■藤江正謹先生　大阪杭全の平野法楽連歌

平成十三年二月十九日発句
大阪杭全神社連歌会所

賦薄何

一　たちなほる霞さやけし歌殿《あらか》　安親
二　香は満たしたり初音まつ梅　正謹
三　貴人《あてひと》は春のならひに集ひ来て　隆志
四　仰げば空のうちなごみたる　淑子
五　山もとをめぐる流れははろばろと　欣子
六　墨絵の色に浮かぶ村里　みのり
七　豊かなる稲田を照らす月明かり　佳
八　あげて守るは案山子身一つ　規子

初折・裏

一　古めきしよそほひ映ゆる秋日和　康代
二　暖簾の奥に藍染の甕　和美
三　ふくふくと機嫌よろしき泡の音　紅舟
四　あやめを飾る床眺めつつ　善帆
五　ふたたびと契る縁は深まりて　宜博
六　はつかにかをる匂袋の　あきこ
七　かたみなる笄《かうがい》髪にうるはしく　美代子
八　食べ盛りなる少女《をとめ》かはゆし　忠夫
九　月影に立てば高まる虫の声　裕雄
十　露を散らしていざ湯にいらん　規子
十一　かく旅にあれば野分もものとせず　宜博
十二　比丘尼となりて歌ふ今様　欣子
十三　大寺の垣より洩るる花の道　隆志
十四　萌黄の色にめぐる幔幕　紅舟

名残折・表

一　雪解けのささやく頃の祝ひごと　佳
二　駒にゆられて峠こす人　公恵
三　そこはかとなき薫りをばとどめおき　安親
四　言葉寡なや空蟬のごと　善帆
五　答ふとも大臣の顔はしらじらし　隆志
六　とれたばかりの海鼠腸《このわた》をはむ　美代子
七　思はずも佐渡の起き臥し豊かなり　安親
八　かつては金《こがね》掘りつづけゐて　忠夫
九　杖ひきて果てぬ夢おふそれもよし　淑子
十　うはさばかりの手枕かなし　紅舟
十一　名にたつも色に出づるも恋ながら　みのり
十二　ゆくへいづくぞ峰の浮雲　直美
十三　をりふしを移ろひてこそ望の月　正謹
十四　神に願ひの宗祇の忌にて　美代子

名残折・裏

一　心して野菊ひともと供へたる　淑子
二　切り口すがし青竹の筒　紅舟
三　とくとくと注がるる酒を杯《つき》にうけ　みのり
四　いつしか時を失ひにける　安親
五　父母をいたはるほどに子は育ち　康代
六　庭にうぐひす招くこしらへ　宜博
七　言の葉のにほやかにして花の頃　あきこ
八　桜に明くる筑紫国原　裕雄

全国で唯一、江戸時代からの連歌会所を今に伝える杭全神社で毎月開催されている。昭和六十二年に、藤江正謹宮司が浜千代清氏らの指導のもと、地元の愛好者とともに町おこしの一環として始めたが、現在は島津・鶴崎・光田の各先生が輪番で宗匠を務め、各連歌会の交流の場にもなっている。その中から高辻安親氏なども参加した平成十三年の作品。

■光田和伸先生　京都連歌の会

平成十四年三月十八日
北野天満宮
千百年大萬燈祭

賦玉何

一　梅が香や千代百年の松の風　裕雄
二　光にたかき春の御舎　季嗣
三　揚ひばり鳴き立つ空の賑はひて　誠三
四　しほ干の浜に人揃ひつゝ　孝子
五　水尾ながく船のはなるゝ岩のいろ　弘朝
六　疾く雲行きて夜はさやけし　朱美
七　すすき野は隈もなきまで月清く　幸子
八　秋ひえぐ〵と唐土の夢　好古

初折・裏

一　山深み絶えみたえずみ鹿の笛　鞠絵
二　たうげに立てば道拓く見ゆ　秀慈
三　わすれ得ぬをどり子の袖今になほ　満千子
四　憂しあぢきなしつなぐ玉の緒　和伸
五　籠もらばや辛き思ひを形見にて　誠三
六　たび叶はねど比丘尼の祈　孝子
七　結び目もゆるめて朝の息づかひ　弘朝
八　とほいかづちに蓬長けゆく　朱美
九　わたつみも山祇も知れわが心　幸子
十　雨の坡を鈴去るばかり　好古
十一　語るべき月も今宵は闇路にて　鞠絵
十二　寄り添ひて聞く秋ごとの虫　裕雄
十三　花嫁を馬に迎ふるこぼれ萩　秀慈
十四　きみが家づと籠にあふるゝ　満千子

名残折・表

一　ふところに灰屋芹生の山の姿　和伸
二　村の字名を姓にぞ継ぐ　誠三
三　堰越ゆるうろくづばかり昔にて　朱美
四　天に星冴ゆ地に霜のはな　弘朝
五　あかときの声すきとほる僧の列　孝子
六　かねの音遠く嶺にこだます　秀慈
七　薄靄に見返る里のひそかなる　裕雄
八　柳の葉群かゝる面影　幸子
九　手につかぬ琴ひきさしておもひゆき　満千子
十　かひもなき身のそらに漂ふ　鞠絵
十一　やどるともいまは並べぬ片つばさ　誠三
十二　筑紫路しろく尾花よる比　和伸
十三　草深き野のはて遠く月落ちて　弘朝
十四　結びし庵の夜寒な言ひそ　朱美

名残折・裏

一　子らが声折々風に聞こえきぬ　秀慈
二　機織るとなき村つゞくなり　孝子
三　まもられて古き色ある篁に　幸子
四　牛を伴ひ雪の道行く　裕雄
五　いたゞきに見返れば早牧暮るゝ　鞠絵
六　こゝろしづけく薄墨を磨り　紅舟
七　天満てる神見そなはせ花明り　誠三
八　まこと伝へむ春の玉垣　和伸

もともと地元の連歌愛好者によって続けられていたが、光田和伸宗匠の指導によって本格的な連歌集団として生まれ変わった。毎月の月次連歌会を開催するとともに、年に一度、北野天満宮での奉納連歌を実施。その中から平成十四年の天満宮千百年大祭に社頭にて奉納された作品。

■有川宜博先生　大宰府の神縁連歌

平成十四年八月二十五日
一千百年御神忌大祭

奉納連歌

賦何世

一　天霧《あまぎ》らひ天満つ神のみいつ哉　安親
二　千歳の時を超ゆる月影　信良
三　老松の枝ふく風のさやけくて　美代子
四　はるかかなたに田鶴渡りゆく　みよこ
五　大海のまなかにはしき島ひとつ　健治
六　きりぎしに寄る波の秀《ほ》しろし　伊佐子
七　近道はほしいままなる草の丈　悠子
八　雨ふり過ぎて虹のかかれる　弘子

初折・裏

一　ゆうらりと蚊遣りの煙流れたり　祥子
二　しじまにひびく笛の音すがし　由季
三　たたずみて思ひめぐらす橋の上　眞理
四　行くか帰るか彼の君のもと　宜博
五　雪が枝を払ひて文を結びけり　睦
六　涙に袖のかはく間もなく　みよこ
七　澄みわたる月はなべてを包むごと　由季
八　富貴の御堂に邯鄲の声　弘子
九　旅の地の今年酒なりかぐはしも　みよこ
十　友を招きて宴ひらかん　眞理
十一　時を得て古木《ふるき》に花《はな》の笑《ゑま》ひそむ　由季
十二　挿頭の梅の気高き姿　美代子
十三　冠《かうぶり》のかすかに揺るる夕霞　弘子
十四　船は岸辺を離れてゆけり　悠子

名残折・表

一　時雨去りしるべの山の見え隠れ　伊佐子
二　里にひびかふ枝を打つ音　健治
三　この国の大臣《おとど》をまこと頼みつつ　みよこ
四　人の心の闇深くして　美代子
五　いづくにて風をも世をも恨みまじ　健治
六　白銀の穂のなびく薄野　伊佐子
七　賜りし御衣たふとし望の月　美代子
八　夕べともしく虫の鳴き出づ　健治
九　すさびたる庭に籬の破れ残る　千世
十　いとしき女《ひと》の面影浮かぶ　弘子
十一　契りおくその言の葉は今もなほ　伊佐子
十二　形代あはれ藍染の川　悠子
十三　貫きし誠の道に幸あらん　由季
十四　天つ空より鳥舞ひおりる　安則

名残折・裏

一　くもばなれ遠き都のおぎろなく　眞理
二　見渡すかぎり霜や置くらん　健治
三　さしそむる光朝《あした》にいさぎよし　美代子
四　漕ぎ出す舟の水脈《みを》のしるけき　伊佐子
五　さざなみの渚によする宝貝　千世
六　そこはかとなく東風は吹きけり　眞理
七　文の宮花の香さらに匂ひたつ　安則
八　千木たからかにかかげゆく春　宜博

北野天満宮同様、連歌の守護神である天神菅原道真公を祀る太宰府天満宮の文化研究所にて、四季折々年に四回開催。もともと天満宮職員による連歌復興の動きの中で始められたが、ここも近隣の愛好者に門戸を開いている。こちらも、その中から平成十四年の天満宮千百年大祭に奉納された作品。

■高辻安親宗匠　行橋の須佐神社連歌

平成十六年六月二十七日
大祖大神社
須佐神社　社務所会議室

賦唐何

一　雨そそぐ青田うるはし歌の里　淳
二　落て口いまだまさる涼しさ　安親
三　庭よぎる揚羽の色のまたたきて　大輔
四　雲は幾重に流れてゆかむ　喜代子
五　晴ればれと昇り来る月仰ぎ見る　みえ子
六　野末遙かに露に濡れ立つ　敦子
七　花槿白くすがしく道の辺に　ともこ
八　虫の音絶えし竈の片すみ　英輔

初折・裏

一　丘の上の空明るくて旅に出む　東三子
二　衣の袖に香りを秘めて　三佐子
三　すれちがふ人はと見れば見知り顔　ヨシ子
四　たそがれ時の風の寒きに　房子
五　ファックスを一反木綿と知る朝　賤
六　ことにもあらず転寝てをり　君子
七　久々に遠き友より便り来る　テル子
八　何事もみな藪の中にて　初子
九　すさびごと嘘も真も霞みをり　大輔
十　鶯の声いまだ幼し　ともこ
十一　ぼんぼりになほ細くなる雛の目　喜代子
十二　かへり見しつつ別る春月　東三子
十三　あまたなる花を巡りてああ吉野　喜代子
十四　ひと筋の川流れて止まず　安親

名残折・表

一　行き連るるをとめらはしやぐ山青葉　英輔
二　鰹の漁を今朝あがり来て　東三子
三　太鼓うつ気合の高き撥さばき　みえ子
四　神楽の里はよみがへりゆく　安親
五　きしきしと雪踏みしめて夜の道　喜代子
六　ものみな眠る白きしづけさ　英輔
七　恋しくば逆巻く波を掻き分けよ　安親
八　やがて島見え思ひはいたる　大輔
九　燃えさかる炎の末も知らずして　喜代子
十　峰を伝ひて鹿の出づると　賤
十一　三日月の闇をきりさきのぼりたる　初子
十二　さやかに聞こゆ横笛の音　ともこ
十三　澄む空に流るる雲のいと高し　大輔
十四　手触りもよき肌着仕立てつ　安親

名残折・裏

一　古里の岸辺に朝の潮みち　敦子
二　たづねし家には住む人違ふ　賤
三　新しき日を運びくる蝉の声　東三子
四　木陰の道のはるかにつづく　大輔
五　姿よき巌の座る二つ三つ　みえ子
六　早蕨もゆる山のなだらか　テル子
七　くぐり抜けまたくぐり行く花の下　英輔
八　若駒駆くる岬の辺り　房子

須佐神社奉納連歌のための氏子衆の練習会を土台とするが、近隣の連歌愛好者にも広く門戸を開き、現在ではほとんどが近隣の愛好者によって構成されている。原則として毎月第四日曜を月次会として開催。国民文化祭を契機に連衆の盛り上がりも一段で、高辻宗匠亡き後、その遺志を受け継ぐことさらなるものがある。その中から高辻宗匠捌きによる最後の作品。

■島津忠夫先生　岐阜県郡上市大和町の明建神社奉納連歌

平成十六年八月七日発句
郡上市大和町　篠脇山荘
明建神社

奉納之連歌

賦何水

一　山深し千代の葉繁る神の杜　裕雄
二　行き交ふ道の風の涼しさ　幸子
三　川面には白雲一つ流れ来て　恭子
四　石から石へ飛び遊ぶ鳥　純
五　いにしへの心を伝ふ庵の庭　善帆
六　故郷思ふ秋の夕暮　和代
七　杉の秀の片あかりして丸き月　泉
八　今年酒酌む兄と弟　弥生

初折・裏

一　旅立ちの支度をやがてととのへて　まり絵
二　うれしさしみる宿のもてなし　成子
三　わが庭の草の茂るを思ひ出し　郁子
四　前渡りする若き公達　忠夫
五　移り香も仄かに袖を抱きしめて　泉
六　漂ひゆくも木曾の山中　まり絵
七　滝壺に汚れし身をば打たせつつ　恭子
八　かへりて冬は水ぬるみたる　忠夫
九　凍つる世の霜とみがまふ月あかり　和代
十　眉毛うるはしみ仏に会ふ　まり絵
十一　琴の音に笛を合はせて興じゐて　恭子
十二　学び初めの鶯の声　和代
十三　花だより今年も聞かるる頃ならむ　忠夫
十四　かすみへだてて紙漉きの里　泉

名残折・表

一　六曲の屏風の内に描かるる　恭子
二　光琳の水金色に映ゆ　まり絵
三　奥処よりかすかにもるる人の声　成子
四　いくさの煙いまも止まざる　恭子
五　千羽鶴届かぬ色の彩なして　泉
六　オリンピックにアテネはあつし　まり絵
七　男爵の心にそむく人のゐて　恭子
八　明治はすでに遠くなりけり　忠夫
九　年とりて坂越ゆるにも息ついて　郁子
十　生命ある日に送る恋文　恭子
十一　伸べられし手にときめきて秋蛍　まり絵
十二　浅き川瀬をわたりゆかばや　泉
十三　月待ちて葦分小舟もやひ解く　まり絵
十四　橋の灯あかり長く揺れつつ　泉

名残折・裏

一　遠き街ややにま闇に沈みゆく　成子
二　竹叢さわぐ暁の風　泉
三　かなたまで田の面に空の広がりて　成子
四　雲にのりたる鳥のひとつら　まり絵
五　数へつつ地の上走る子供達　恭子
六　また山の端に星見付くらし　忠夫
七　夕暮れて白さ増しゆく枝の花　成子
八　おぼろおぼろと揺らぐかがり火　泉

東常縁ゆかりの明建神社に毎年八月七日夜の薪能『来栖桜』に先立ち奉納される。前日に各地の連歌愛好者が集い、四・五座に分かれ作品を巻き上げる。平成三年から浜千代清氏によって復興され、現在は島津忠夫宗匠が指導。平成十六年は、初折表は参加者全員で、裏からは三座に分かれて付句、その「おがたま」の座の作品。

■鶴崎裕雄先生　伊勢の三重連歌の会

平成十六年九月十九日発句
三重連歌の会
伊勢市観光文化会館

賦何心

一　世も人も平らかなれとまろき月　敬子
二　瑞穂の国の豊かなる秋　ひろ子
三　翅うすくあかねあきつの飛び交ひて　さかえ
四　遙か彼方に見ゆる白波　佐和子
五　梅暦近づく里に舟浮かぶ　逸子
六　破籠《わりご》ひろげるうららかな昼　手巻
七　牧開き馬に一声かけんとす　よし子
八　犬駆けまはるみどりなす丘　たつ子

初折・裏

一　幼な子の指さす方に空の雲　信子
二　明るむ夕べあすを思はす　静子
三　風に乗り御寺の鐘のひびききて　晴子
四　遠世の石は今も映えをり　圭造
五　古市もおはらひ町も冴ゆること　佳津
六　通ふ貢《みつぐ》は霜柱踏む　裕雄
七　そこもじの文捨てられず氷面鏡　さかえ
八　小さき流れの木の橋渡り　佐和子
九　ゆるゆると行き着くところ旅の宿　敬子
十　月の窓辺に蛍三つ四つ　たつ子
十一　泡盛を飲みほす程に夜も更けて　手巻
十二　陶の唐獅子つつむ陽炎　さかえ
十三　花の下行きつもどりつ去りがたく　信子
十四　こののどけさのいかに久しき　圭造

名残折・表

一　巫女の振る神鈴苑にひびくなり　よし子
二　鼓も和して空わたる朝　逸子
三　床の間に青磁の壺の鎮まりて　佐和子
四　旦坐して喫む焙じ茶の味　さかえ
五　離《さか》り住む無沙汰の友の便りくる　和子
六　凪に消ゆるは笹の鳴る音　圭造
七　小春日に心なごますセレナーデ　静子
八　ヴァイオリンよりヴィオラを君に　静子
九　ねぎらひの言葉やさしく給はりぬ　たつ子
十　面影ばかり慕ふ七十路　紅
十一　萩揺れて月しづしづと昇るらん　よし子
十二　青松虫の声の降り来る　敬子
十三　いづくへと歩み行かむか暮れの秋　ひろ子
十四　寄せては返す磯の白波　よし子

名残折・裏

一　燕の子軒に育ちて海女の留守　佳津
二　縫ひ上げのばす童のゆかた　和子
三　忘れられゐること百も知りながら　圭造
四　今は今とて均らす箒目　さかえ
五　いはれある襖絵飾る広座敷　佐和子
六　山の麓も霞たなびく　和子
七　たわわなる花に結ばん願ひごと　静子
八　桜をめづる姉と妹　信子

平成六年の国民文化祭三重大会を機に、連句が始められ、年一回の県民文化祭を続行してゆく中から、連歌を求める人たちにより、新ジャンルとして文芸大会に参加するようになった。もともと伊勢連歌の伝統を持ち、明治以降の連歌衰退の中で連歌作法を守り続けた山田孝雄氏や小西甚一氏、浜千代清氏を輩出してきた場所でもある。月に一度の例会とともに、毎年県民文化祭では第三句を公募する。その大会直前の平成十六年三重県県民文化祭参加作品。

■筒井紅舟先生　岐阜県揖斐川の小島頓宮法楽連歌

平成十六年十月十二日
揖斐瑞巌寺
小島頓宮法楽連歌会

賦何路

一　慶びもさらなる寺や山粧ふ　紅舟
二　光る甍にそよぐ秋風　純女
三　望月は大いなる川照らしゐて　弥一
四　舟漕ぎ出だす沖遙かなり　正水
五　いづくより聞ゆる笛かしらべよき　貞子
六　手に手を結ぶ仕種たのもし　春香
七　庵の庭雀は群れて遊ぶらむ　弥生
八　遠つ故郷訪ふすべ有らな　正道

初折・裏

一　新しき笠にしづけき雨の音　キヌエ
二　撓む竿先はた吹流し　貞子
三　伝はりし重五を祝げる酒の樽　唯善
四　腕に覚えの槌をふるへり　弥一
五　頓宮に匠の業のしるされて　正水
六　梁太けれどみやび忘れず　掬陽
七　帯しかと締めて逢はなむともがらに　木綿
八　あへなく消えしうたかたの恋　正道
九　降る雪の間あひに薄き月のかげ　紅舟
十　息つめていま触るる凍蝶　貞子
十一　捕らはれし思ひいつしか放たれて　弥一
十二　絵葉書配る丹塗の車　唯善
十三　ぼんぼりの三十一文字にはゆる花　キヌエ
十四　広き裾野に霞たなびく　純女

名残折・表

一　遠蛙囲ひの内に声届き　弥生
二　国を誇りし話とびかふ　正道
三　石の橋たたきて渡ることもあり　掬陽
四　われは昔をしのび涙す　純女
五　老いの身の二重の腰をのばさむか　唯善
六　棚の畑に日はかたぶきぬ　光女
七　おもむろに帳をおろす夏館　紅舟
八　たをたをとして素足うつくし　木綿
九　波は寄せ人めの関に胸さわぎ　敏男
十　あてどなきたび風にまかすも　木綿
十一　稲筵うすき網越しいまははや　敏男
十二　糸の音澄みて空に流るる　正道
十三　更けゆけば夢見ごこちの後の月　純女
十四　あきあがりまたにごり酒酌め　正水

名残折・裏

一　放つ矢の的を射ぬきし杉の森　唯善
二　連なる峰に懸かる白雲　純女
三　踏みわけて霜の細道ゆくは誰そ　木綿
四　鶴の舞ひくる里の賑はひ　正水
五　湖ちかく雅びを護りひたすらに　敏男
六　萌ゆるさわらび碑もたつ　正水
七　咲き盛り匂ひまされる花の下　正道
八　揖斐の辺りは平らけき春　唯善

連歌の礎えを築いた二条良基ゆかりの揖斐川瑞巌寺で月次の連歌会を開催。近くに後光厳院が戦乱を避けて住まわれた小島頓宮の故地がある。平成七年に浜千代清氏によって始められた連歌会は、現在筒井紅舟宗匠に受け継がれてますます盛んとなっている。その大会直前の作品。

■参考　学生座の宗匠たち　豊津のひまわり連歌

平成十六年十月二十一日
ひまわり連歌

賦何路

一　大人命上れる天の高きかな　東三子
二　星は飛ぶなり歌垣の里　ともこ
三　十六夜の嵐過ぎたる風澄みて　瑛
四　露地のかたへに鈴虫の鳴く　勝枝
五　潮騒のかすかな唸り尋ねむと　賤
六　小舟の行方誰か知らまし　東三子
七　戦ごと捨つると決めし国ありて　ともこ
八　峡の奥には桃の花咲く　東三子

初折・裏

一　山笑ひ客人を待つ古き陶　勝枝
二　遠く近くに鶯の声　瑛
三　陽炎を追ひゆくさきに大き湖　賤
四　乙女の恋は今も哀しき　ともこ
五　かの人にこのときめきを伝へたし　瑛
六　秘めし思ひを書きつづりをり　勝枝
七　ゆらゆらと裸電灯三の酉　東三子
八　裳裾に猫のすりよる夕　賤
九　月涼し橋の畔に佇めば　ともこ
十　蛍柱の舞ひ上りたり　瑛
十一　獅子頭役者に似たる品の良さ　勝枝
十二　お伊勢参りの姉さんかぶり　東三子
十三　並木道花の吹雪の絶え間なく　賤
十四　うらうららに過ごすけふの日　ともこ

名残折・表

一　青空に双つの蝶のもつれ飛ぶ　勝枝
二　愁はしげなる若き恋人　東三子
三　後朝に別れ惜しみて渡る川　賤
四　思ひ募れば芙蓉色濃し　ともこ
五　登りきて石の階露しとど　瑛
六　夜長に姑の鯨尺執る　勝枝
七　綿入れの裄丈合はぬ子の育ち　東三子
八　バイクの音の去りては来たる　賤
九　缶ビール回し飲みして気炎上げ　ともこ
十　常夏の島椰子の実の落つ　東三子
十一　異国より土産話の数多あり　瑛
十二　窓辺に展ぶる絵巻の一つ　賤
十三　晴れ晴れと月のぼりくる丘の上　勝枝
十四　音もさはやかに口笛響く　ともこ

名残折・裏

一　芒揺れ遠くに影の動きたる　瑛
二　初潮の香も届くきりぎし　東三子
三　幾重にも連なる波の白くして　賤
四　舞の扇の静かにめぐる　勝枝
五　囀の垣の内外ほのぼのと　ともこ
六　雪解の水の小川に注ぐ　瑛
七　旅立ちの朝ふり返る桜花　東三子
八　春の盛りの満ち満てる幸　賤

豊津町「ひまわり書店」の前田賤氏の肝煎りのもと、女性愛好者を中心に運営。前回の奉納シンポジウムの以前より既に活発な活動をし続けており、今回の国民文化祭では、地元の中学・高校生による学生座の宗匠をこの会の連衆たちが務めた。これも大会直前の作品。

編集後記

第十九回国民文化祭連歌大会が終わった。平成十六年十一月六・七日の二日間、全国から連歌関係者が集い、国民文化祭では初めての「連歌」の催しが行橋市で行われた。

意義深い大会であった。

行橋市今井の須佐神社に伝わる今井祇園祭は、神童を先頭に、竹を叩き合いながら祓川を渡る〃動〃の八ツ撥と、円座《くるまざ》になって和歌《うた》を詠み継ぐ〃静〃の連歌とが一つになった貴重な伝統行事。この神社への奉納連歌は享祿三（一五三〇）年から欠年なく続いている。

連歌は、二人以上の者がいて、言《こと》の葉《は》を交わすことで、人間の調和や理解を深める、と言われており、かつては、いろいろな場所で、簡単に「座」が開かれる日本独自の日常的な文化だった。

今大会の交流会で、八並康一行橋市長が歓迎挨拶の中で、即興一句を詠まれた。関係者の間から「これを発句に連歌を」との声が上がり、歌が詠み継がれ、半世吉《はんよよし》（二十二句）が巻かれた。

初折・表

一　歌人の集ひし宵や冬立ちぬ　康一
二　ゆく橋々に華や咲くらむ　あき子
三　水の上にまた来む年と舟出して　和伸
四　帆をあげて待つ潮の満ち干を　忠夫
五　はるかなる旅のはたての風乾き　紅舟
六　星の彼方にしのぶ故郷　裕雄
七　ひとすぢの月の光をしるべとし　宣博
八　弦の響きに虫の声々　正謹

初折・裏

一　うつすらと紅葉づる木々は山裾に　美代子
二　飛び石づたひ露しとどなり　賤
三　とりどりのワインを寄せて待てる君　東三子
四　酔ひごこちして恋つのらする　ともこ

五　文を読むむかしを思ふ夏の宵　秀樹
六　涼しき風のふと閨に入り　大輔
七　いづこより蛍の一つ飛び来たる　淳
八　ささめ聞こゆる谷川の音　みえ子
九　しんしんと雪降りしきる旅枕　てるこ
十　枯落葉敷く月影の道　真子
十一　待ちゐれば行く方知れず風の過ぐ　安民
十二　のどけき光土匂ひ立つ　良哲
十三　想ひ出の花は幾重に輝きて　安仁
十四　故里しのぶ麗らかな春　文晤

また、交流会場では大会を祝う七言絶句（大阪市・林茂達詠）も披露された。

連歌大会
遊客行橋歩屐軽
平波長峡櫓声鳴
高楼歌座閑敲句
奇勝京都暮色生

多くの方々が連歌への熱い想いとお祝いを寄せて下さった。これは、長い間、連歌復興に情熱を注ぎ、現代連歌の礎を築いてこられた今井津須佐神社・高辻安親宮司の思いにつながる。大変ありがたいことだ。

連歌は、発句に脇句が付いて第三、平句が続き、挙句で終わる。お互いが自然や世相、季節などを式目にそって詠み継ぐ座の文芸。百韻（百句）、世吉（四十四句）、歌仙（三十六句）などがある。

市連歌企画委員のひとりでもあった高辻宮司は、病床にあっても大会直前（十月十七日逝去）まで、関係者に連歌への想いを語り続けた。

国民文化祭初の連歌大会の記録が、皆様のご協力でこうして纏まった。

連歌大会を誰よりも楽しみにし、誰よりもその様子を見たかったであろう高辻宮司に、この記録集『現代と連歌』が届けば、あの明朗で闊達な物言いで「おっ、できたか」と、元気な声が返ってくるような気がしてならない。（市教委・光畑記）

●第19回国民文化祭行橋市連歌企画委員会（50音順）
有川宜博，門田テル子，来山良哲，高辻安親（故人），
筒井みえ子，松清ともこ

事務局
福岡県行橋市中央１－１－１　行橋市教育委員会内
国民文化祭行橋市連歌企画委員会
電話 代表0930(25)1111

現代《げんだい》と連歌《れんが》
国文祭連歌《こくぶんさいれんが》・シンポジウムと実作《じっさく》

■

2005年４月20日　第１刷発行

■

編者　　第19回国民文化祭行橋市連歌企画委員会
発行者　西　俊明
発行所　有限会社海鳥社
〒810-0074 福岡市中央区大手門３丁目６番13号
電話 092(771)0132　FAX 092(771)2546
http://www.kaichosha-f.co.jp
印刷・製本　有限会社九州コンピュータ印刷
ISBN 4-87415-522-7
［定価は表紙カバーに表示］